悪魔はそれをガマンできない

水戸 泉

white heart

講談社X文庫

目　次

イラストレーション／香林《こうりん》セージ

悪魔はそれをガマンできない

1

　眼下には遠く果てしなく、都心の摩天楼が広がっている。高層マンションの貯水槽の上に腰かけて、黒い羽根と髪をふわりと風に揺らしながら、愉火琉《ゆかる》という名の『悪魔』はあきれたように呟《つぶや》いた。

「兄さん、本当に行くの？」

「くどい！　何度も言わせんなッ！」

　兄さんと呼ばれたほうの『悪魔』も、同じように六月のビル風に羽根を揺らし、貯水槽の上でぐっと仁王立ちになり、遠くを指さした。

「おれは行くって決めたんだ！　止めても無駄だって何度も言ったろ⁉」

「うん、何度も聞いた。でも、もう一度だけ止めてあげる」

　愉火琉は、ひょいと身軽に兄さんと呼ぶ悪魔の目前に飛び移った。

「やめなよ、兄さん。人間を虜《とりこ》にするなんて、兄さんには無理だよ」

「無理でもなんでもやるんだよッ！　でないと、おれは……！」

そこまで言って、兄さんと呼ばれた悪魔——真雛《まひな》は、恐ろしいことを思い出してぶるりと身震いした。

貯水槽の上で羽根を伸ばす二人の悪魔は、小悪魔と表現したほうがしっくりと馴染《なじ》みそうな、華奢《きゃしゃ》な体つきの少年だった。

二人は魔界で、同じセフィロトの樹《き》から生まれた兄弟だ。

顔立ちは似ていないが、二人はどちらも類稀《たぐいまれ》な美貌《びぼう》を持っている。

兄の真雛のほうは、亜麻色の髪に左は碧《みどり》、右は薄茶色のオッドアイを持ち、黙っていれば高価な猫のように衆目を引く美貌だが、いかんせん口が悪いのと挙動に落ち着きがないのとでだいぶ色気が差し引かれている。

それに比して弟の愉火琉は、烏《からす》の濡《ぬ》れ羽《ば》色の艶《つや》やかな黒髪に黒い眸《ひとみ》、物腰もたおやかで落ち着きがあり、ぞっとするほど妖艶《ようえん》な色気を放っている。

それもそのはずでこの愉火琉は、人間の精気を吸って妖力を得る、超一流のインキュバス（淫魔《いんま》）だ。

顔立ちは似ていない二人の兄弟だが、種族としての特徴はちゃんと共通のものを有していた。背中に生えた黒い大きな羽根と、尻《しり》から生えた黒い尻尾《しっぽ》だ。

愉火琉は軽く伸びをして、今まで自由に伸ばしていた羽根と尻尾《しっぽ》をしまった。

「兄さんもほんとに人間界に降りるんだったら、尻尾と羽根くらい隠せば？　人間に見つかったら、たらしこむ前に見世物小屋に売られちゃうよ。まー昨今は見世物小屋よりは、インターネットの人身売買用掲示板とかかもしれないけど」

「……う……」

愉火琉の言葉に、うめきながら真雛もなんとか羽根と尻尾を隠そうと努めた。努力の結果、羽根はなんとか隠すことができた。

しかし、尻尾は。

喧嘩《けんか》する時の猫のようにピンと立てられ震える真雛の尻尾を見て、愉火琉はふふんと意地悪く笑った。

「まだ尻尾を隠すこともできないの？　それでよく下天の許可が下りたね」

「う、うる、さ……いっ」

真雛は顔を紅《あか》くして、ズボンの生地を透過してはみ出している尻尾を丸めた。そうするとますます負け犬の風情《ふぜい》が醸《かも》し出《だ》されるが、今の真雛はそんなことを気にしていられる立場ではなかった。

「う、上からコート着て隠すからいいっ！」

「今、六月だよ。コート着てるのおかしくない？　それと、セックスする時はどうするの？」

「枕《まくら》で隠す！」

いささかどころかかなり無理なことを、真雛は叫んだ。愉火琉は今度はふぅっと大仰にため息をつき、真雛の腰に腕を回して引き寄せる。

「ひ……ッ!!」

「性感帯でもあるんだよね、ここ」

言って愉火琉は、真雛の尻尾《しっぽ》をきゅっと摑《つか》んだ。真雛は背筋を撓《しな》らせて、激しく抗議する。

「よ、よせっ、やめ……っ！」

「自分で努力してどーにかしようだなんて、分不相応なことはやめなよ、兄さん」

「ぶ、分不相応とはなんだっ、あっ、やっ……！」

「だって兄さんは、こんなに綺麗《きれい》で可愛《かわい》いんだから」

愉火琉は真雛の白い頰《ほお》に、ちゅっと口付けた。

「さっさとあきらめてぼくのものになっちゃいなって、何度も言ってるじゃん。ぼく、兄さんよりぜんぜん強いし階級も上だよ。絶対幸せにしてあげる」

「だから、そーゆーのが嫌だっつってんだよ、おれはっ！」

真雛はようやく、愉火琉の腕から逃れて言った。

「おまえだけじゃなく、どーして魔界の連中ってのは……！」

思い出すだけでも身の毛がよだつのか、真雛は自分で自分を抱きしめるように両手を巻きつけた。

実際真雛は、総毛だっていた。

魔族は女の胎《はら》からではなく、セフィロトの樹《き》と呼ばれる大樹から生まれる。魔族の容姿や能力は、生まれた樹によってだいたいが決まっており、真雛と愉火琉の兄弟はどうやら美貌《びぼう》という天賦を樹から授けられたようだった。

また、魔界は厳然たる階級社会で、定められた要綱を満たせばある程度までは上の階級に昇れるが、その試験は大変に難しい。

愉火琉は難なくその試験をクリアして、さっさと一人前のインキュバスに成長したが、兄の真雛のほうはといえば、魔族にまで哀れまれるほどの体《てい》たらくぶりだった。

なにせ、今回試験に落ちれば連続666回落ちたことになり、魔界の新記録を達成することになる。

666という数字は魔族にとっては特別なもので、さまざまな慶事、弔事の節目に使わ

れる。魔界の試験官は、使いこんだ万年筆で頭を掻《か》きながら、木《こ》っ端《ぱ》役人特有のやる気のなさをいかんなく発揮して言った。

『きみ、今度の試験落ちたら大審判さまのところに行ってもらうからね』と。

それを聞いた途端に真雛は、血が凍ったような顔をした。それもそのはず、大審判さまというのは魔界でも有名なエロじじいで、権力にものを言わせて魔界じゅうの美少年、美少女を集めまくっていると評判の変態だ。

『いや、でも、大審判さまって確かかなり気合いの入ったロリペド野郎のはずだから、見た目十六歳くらいのおれはすでにストライクゾーン外なのでは……』

……というようなことを、もう少しだけ社会人的なオブラートに包んだ表現で真雛は言った。

しかし木っ端役人は、銀縁の眼鏡をくいっと持ち上げて無情に答えた。

『どうやらきみは、特別気に入られちゃったみたいなんだよ。とうのたったきみなんかを、引き取ってくれるっておっしゃってるんだからさー。素直に大審判さまの恩情におすがりしなさい。いくらキレーな顔してたって、才能なかったら一人前にはなれないんだから』


真雛はうっと言葉に詰まった。

たしかに試験官の言うとおり、真雛にはインキュバスとしての才能は絶無だった。見た目はずば抜けて美しいが、いかんせん気質が一本気すぎる。

寄りつく男女は数知れなくとも、真雛は嘘《うそ》も虚栄も淫楽《いんらく》も、みんなすべて嫌いだった。中でもとりわけて致命的だったのは、セックスが好きではないということだろう。セックスをしないで人や悪魔を性的に堕落させるなんて、無茶もいいところだ。

かといって真雛には、ほかの悪徳を栄えさせる知力があるわけでもなければ、天変地異を引き起こして人間界を苦しめる体力もない。

(でも、だからってエロじじいの慰みものになるのなんて嫌だ! 死ぬより嫌だ! いや、やっぱ死にたくはねえけど!)

つまりは真雛は今、まさしく背水の陣に立たされていた。それを知っているから愉火琉は、真雛の弱みにつけこんで、なんとか真雛をものにしようと、ここぞとばかりに執拗《しつよう》に迫る。

そんな愉火琉の行動は、悪魔的にはとても正しい。もとより愉火琉は、幼い時からこの綺麗《きれい》で間抜けな兄のことが大好きだ。それなりに努力して階級を昇ったのだって、この兄を囲いたいがためだったのだから。

愉火琉はまた執拗《しつよう》に、すりすりと真雛の背中に猫のように擦り寄った。

「僕の嫁になってよー。僕、もっと出世するよ。大審判さまなんかすぐに追い越してあげる。めちゃくちゃ可愛《かわい》がってあげるから」

「いちいち可愛いだの可愛がるだの言うな！　弟のくせに生意気なんだよ、おまえは！」

「兄さんこそ悪魔のくせに、どーしてそんな半端《はんぱ》な儒教思想とか持ってるわけ？　悪魔なら悪魔らしく、退廃的で爛《ただ》れた近親相姦《きんしんそうかん》と同性愛に耽溺《たんでき》しよーよ」

愉火琉の言うことは、悪魔としてはまったく正しい。しかし真雛はどうしても、弟の世話になるのはプライドが許さなかった。

「とにかくおれは、自力でなんとかするっ。おまえはもう魔界に帰れ！」

「えー、じゃあ帰るけどー」

不満そうに唇を尖《とが》らせて、愉火琉は羽根を出した。

「忘れないでよ？　期限はたったの一か月なんだからね。一か月以内に一人でも人間を堕落させられなかったら、兄さんは最下級のインキュバスにすらなれないんだから」

「わかってるよ、そんなこたあ！」

「あ、兄さん」

まだなにか言おうとする愉火琉を振り切って、真雛は威勢よくビルから飛び降りた。

と、同時に、悲鳴が聞こえた。

「うっわあああああああ⁉」

「……羽根しまったまま飛び降りて平気なの？　って聞こうとしたんだけど……」

愉火琉はフェンスに寄りかかり、遥《はる》か彼方《かなた》へ落下していく真雛を見守った。

「ま、いいか。悪魔だからこの程度じゃ死なないし」

真雛がべしゃっと地面に叩《たた》きつけられるのを見届けると、愉火琉は「んー」と伸びをして独りごちた。

「ああ、楽しみ。兄さんに誑《たぶら》かされる人間なんているはずないから、一か月後には兄さんは晴れて僕のもの」

真雛とはまるで違う優美な仕草で、愉火琉もまたビルから飛び立った。

「とりあえずあの目障《めざわ》りな、大審判をぶっ殺す算段を立てなきゃね」

兄と自分の幸福のためなら、手段を選ばない愉火琉だった。そしてそれも悪魔的には、とても正しいことなのだった。

2

「うぅ……っ」

全身の痛みに呻《うめ》きながら、真雛《まひな》は冷たいアスファルトの上で蛙《かえる》のようにうつ伏せになっていた。

あまりの痛みに、すぐには起き上がれなかったのだ。

「いってぇ……。ここ、どこだよ……？」

倒れたまま真雛は、ぐるりと周辺を見渡した。新宿《しんじゅく》の近辺であることは確かなのだが、銀杏《いちょう》並木が続くその舗道の景色だけでは正確な位置まではわからない。

時刻は午前二時、さしもの不夜城新宿も、繁華街以外にはそれほど多くの人は通らない。一か月しか時間のない真雛がこの街を選んだのは、ここが眠らない街であることのほかに、もう一つわけがあった。

（どうせおれに、女は口説けない……）

悲しい現実だが、真雛はそれを受け入れていた。受け入れざるを得ないほど、真雛が歩んできたインキュバス人生は悲惨だった。

真雛はべつに、ホモセクシュアルではない。

そもそも魔族は性交によって繁殖しないから、セクシュアリティ自体が存在しないに等しい。しかし、妙なところが人間くさい真雛は、男である自分が男に押し倒されるのは我慢がならなかった。

そんな真雛を愉火琉《ゆかる》は「九州男児みたーい、あ、でも昔の薩摩《さつま》ってホモ多かったっていうから違うか」などと揶揄《やゆ》したが、いくら笑われても譲れないものはどうしてもある。

にもかかわらず、真雛は結局「男をたらしこむ」道を選ぶしかなかった。

女という生き物は、人も魔族も真雛を見ると、みんな真雛に嫉妬《しっと》した。

自分の男を取られた(正しくは勝手に真雛に熱を上げた)とか激怒しては刃物で真雛を追い回し、自分より肌や髪が美しいからと言っては真雛の持ち物に砂や針を入れた。

(美しくったって、ぜんぜんうれしくねえ……)

真雛はそう涙ぐんだ。

美しく生まれたからって、真雛にはいいことなどなにもなかった。愉火琉のようにふっきって生きられればいいのだが、その器用さも真雛にはないのだ。

（まあ愉火琉は、ふっきれすぎだけどな……）

つらい回想を続ける真雛の背中を、なにかがふぎゅっと踏みつけた。

「ぐっ⁉」

内臓が潰《つぶ》れそうな重みに、真雛は呻《うめ》いた。

踏んだり蹴《け》ったりという言葉どおり、その靴底の主は真雛を踏んで邪魔そうに路傍に蹴り飛ばして行った。

怒りのあまり痛みも忘れて、真雛は飛び起きた。

「てめえっ、なにしやがる！」

通り過ぎようとする男の肩を、真雛は強く摑《つか》んで振り向かせる。

男はゆっくり、振り向いた。

刹那《せつな》、真雛は息を呑《の》んだ。

男は真雛より、頭二つ分くらい長身だった。すっと聳《そび》えるような身の丈に、黒いコートを羽織っている。髪も目も、闇《やみ》のような漆黒だ。真雛は、愉火琉と同じくらい綺麗《きれい》な黒髪や黒い眸《ひとみ》を初めて見た。

美しいのは髪や目だけではなかった。顔立ちも立ち姿も、すべてが天与の才を持つ芸術家に造られた彫刻のように整い、一分の隙《すき》も崩れもない。

真雛は一瞬、男に見蕩《みと》れて罵声《ばせい》を浴びせることさえ忘れた。

(お、おれよりこいつのほうが、インキュバスみてえ……)

ただし種類は真雛とは対極の、女をたらしこむほうのインキュバスだ。

男は冷たく真雛を一瞥《いちべつ》すると、再び踵《きびす》を返して歩き出した。

「ま、待てっ!」

真雛は慌てて、男の前へ躍り出た。

「人のこと踏みつけて、詫《わ》びもなしかよ‼」

「こんなところで寝ているのが悪い」

男は静かに、そう言った。

顔だけじゃなくて声までいいのかよ、ムカつくな、と思いつつ、真雛はがっと男の襟首を掴《つか》んだ。二十センチ近い身長差のため、それは掴んでいるというよりぶら下がっているような体勢にしかならなかったが。

「寝てたら踏まれて当然なのかよ⁉ 怪我人《けがにん》とか病人だったらどーすんだよ!」

悪魔のくせに、真雛は妙に正義感が強かった。

が、男はそれをも綺麗《きれい》に無視して、真雛を押《お》し退《の》け歩き出そうとする。

「待っ……!」

「社長ー。なにやってんですかー？」

と、そのとき、舗道の向こうから誰かが声をかけてきた。見遣《みや》ると、数十メートルほど先の丁字路に、黒い車が停《と》めてある。

声の主はそこにいた。

「早くしてくださいよー。遅刻しちゃいますよー」

ずいぶんのんきな、男の声だ。長い金の髪が、街灯の明かりに照らされてきらきらと光っている。金髪は天使みたいだから、真雛は生理的に嫌いだ。

「待てやーっ！　行くなーっ！」

真雛は男の腕にしがみつき、なんとか詫《わ》びを入れさせようとした。

が、男はまるで腕にぶら下がる真雛など存在しないかのように軽々と引《ひ》き摺《ず》って、車へと辿《たど》り着《つ》いた。

車で待っていた金の髪の男が、きょとんと目を見開いて真雛を指さす。

「なんです、この子」

男は黙って首を振った。

真雛はコアラのように男の腕にしがみついたまま、叫んだ。

「ふざけんなあああ！　謝るまでついてくからな、おれは！」

「ちょっ、ちょっときみ」

金髪は、人のよさそうな顔に困惑した笑みを張りつかせて言った。

「社長がなんかやらかしたなら、ぼくが謝るよ。ごめん」

「なんでカンケーないあんたが謝んだよ！　おれを踏んだのはこいつだろ、こいつっ！」

「踏んだんですか、社長……」

恐る恐る、半ばあきれぎみに目を眇《すが》めて金髪は男に尋ねた。しかし、真雛の叫びも金髪の質問も無視して男は、サイドシートに乗りこもうとした。

「行くぞ」

その冷静さと無関心ぶりが、ますます真雛の怒りのボルテージをあげさせる。

「乗るな！　降りろ！　絶対離さねーからな！」

「……どうします？　警察に連れていきますか？」

金髪はこっそりと男に耳打ちしたが、やはり男はにべもなかった。

「放《ほう》っておけ。時間がない」

そう言って男は真雛を猫の仔《こ》のようにつまみ、後部座席に放りこむ。

「わっ⁉」

真雛はころりと、座席の上を転がった。

「ちょ、ちょっと、社長っ？　連れてくんですか、この子」

金髪の問いに、男は答えなかった。真雛もあまりのことに呆然《ぼうぜん》として、返す言葉が見つからない。金髪のほうは早々に、男から回答を得ることを諦《あきら》めたようだった。

「しょうがないな〜、もう」

金髪も仕方なさそうに運転席に乗りこんで、イグニッションキーを回した。

車は静かに、夜の街へ滑り出した。


（ど、どこに行くんだろう……）

後部座席で、真雛は今さらながらに緊張していた。勢いに任せてついてきてしまったのはいいけれど、この男たちとはまったくの初対面だ。それに真雛は新宿のみならず、人間界の地理にはほとんど不案内だった。

（おれ、こんなことしてる場合じゃねえのに……時間ないのに、なにやってんだろ……？）

真雛はようやく、冷静さを取り戻した。

こいつから一言の謝罪をもぎ取ったところで、いったいなにになるのか、と。

そんな真雛の内心を読み取ったかのように金髪が言った。

「降りたかったら降りてもいいよ。停《と》めてあげるよ」

「い、いや……」

真雛は口籠《くちご》もった。

（でもやっぱり、こいつ見てるとムカつくんだよ！）

真雛に気を遣うのは金髪のほうばかりで、黒ずくめの男は相変わらずの仏頂面《ぶっちょうづら》で前だけを見ている。

やがて車は、オフィス街から二区画ほど脇道《わきみち》に逸《そ》れて七階建てのビルの前で停まった。

金髪はふぅっとため息をついた。

「ぼくたちは仕事でこのビルに入るけど、きみは？　帰るでしょ、もちろん」

「い、いやっ」

思わず、真雛は言っていた。

「おれも、ついてくっ」

「ええっ⁉　だ、だめだよ、そんなの！」

金髪は大慌てで制した。

「言っただろ？　遊びじゃなくて、仕事の話しに行くんだよ。子供なんか連れていけないよ！」

「誰が子供だ！　だいいち、こんな真夜中に仕事ってなんだよ⁉」

「それはたまたまクライアントさんが夜型生活の人だから！　この業界、朝型の人のほうが少ないいんだよっ。……って、社長？　待ってくださいよー！」

言い合う二人を置いてさっさと車を降りる男を、金髪が慌てて止めた。

「この子、どうするんですか。社長が拾った子でしょう⁉」

しかし男は一瞥《いちべつ》もせずに、はっきりと言った。

「構わない。好きにさせろ」

「ええっ⁉」

『社長』の言葉に、金髪は面食らっていた。

「しゃ、社長までなにを……！」

「じゃあついてくっ」

半ば意地で、真雛は答えた。頭を抱えたのは金髪一人だ。しばらく「う〜ん」と悩んだ後で、仕方なしに納得したように真雛を見て言った。

「じゃあしょうがないけど……絶対に騒がないでよ？　あとでお菓子買ってあげるから」

「いらねえよ！」

あくまで子供扱いされて、真雛は大きく頬《ほお》をむくれさせた。

三人を乗せたエレベーターは、二階の事務所らしき部屋の前で扉を開けた。開いた途端に部屋の中から、髭《ひげ》を生やした恰幅《かっぷく》のいい男が飛び出してくる。

「待ってたわよ、水城《みずしろ》ちゃん！　モデルの子、どこ⁉　早く早くっ、戸田《とだ》先生がお待ちなんだからっ！」

「そ、それがその〜……」

水城と呼ばれた金髪はてきめんに顔色を悪くし、口籠《くちごも》る。が、突然意を決したように、がばっとその場に膝《ひざ》をつき謝った。

「申〜〜〜し訳ありませんっ！　モデルの中条《なかじょう》くんに、逃げられてしまいましたぁあっ！」

「えええっ⁉」

のけぞった男の出っ張った腹が、ぽよんと牧歌的な音をたてて揺れた。

水城は、一気呵成《いっきかせい》に捲《まく》したてた。

「昼間うちの事務所に出社したら、中条くんの字の置き手紙があって……、す、好きな人ができたから、いっしょに北に逃げて小料理屋をやります、って……」

「マ、マジで……？　あの子、料理なんかできるのかしら……？」

「できないとは思うんですけど、とにかくその相手の男っていうのが妻子持ちだから逃げるそうです。とにかくぼくの監督不行き届きです、申し訳ありません！」

　そう言って水城は、床に額をこすりつける。恰幅《かっぷく》のいい男は、うーん、と唸《うな》って頬《ほお》に指を当てた。

「でも、困るわよ～やばいわよ～これ。うちはスタジオ貸すだけだからいいけど、カメラマンの戸田先生ってば大の中条くん贔屓《びいき》でしょ？　あの人に撮ってもらえなくなったら、お宅の事務所も困るんじゃないのぉ？」

「だからこうして、社長ともどもお詫《わ》びに……重っ⁉」

　まだ土下座を続ける水城の丸まった背中の上に、なにかがふぎゅっと乗せられた。

「ちょっと社長っ。人のこと踏んでないで、いっしょに謝ってくだ……！」

　言いかけて顔を上げた水城はしかし、それきり開いた口が塞《ふさ》がらなかった。

　社長と呼ばれている男が、真雛の首根っこをつまみあげ、水城の背中に乗せたのだ。さながら親亀《おやがめ》の上に子亀を乗せるがごとく。

「ん、な……っ？」

そのままずいっと恰幅《かっぷく》のいい男のほうに突き出され、真雛は目を瞬《しばた》かせる。自分の身の上に起こっていることの意味が、まるで理解できなかった。

「あら」

恰幅のいい男は、黒い丸眼鏡をくいっとかけ直して真雛の全身を舐《な》めるように見回した。

「あらあらあらあら、この子っ」

そして、見終わった途端に甲高い声をあげた。

「なによなによ、綺麗《きれい》じゃない！　美形じゃない！　この子が中条くんの代役ってことなのね⁉」

（なんで男なのに、おっさんなのに、女言葉……？）

社長と呼ばれた男につままれたまま、真雛はものすごくどうでもいいことを考えていた。そうこうする間にも、真雛を無視して話は進んでいく。

「あの……」

と、水城がようやく立ち上がり、真雛をつまんだ『社長』に尋ねる。

「……そういう、ことなんですか？」

こく、と男が頷《うなず》いた。

どうやら話はまとまったらしい。

「この子ならいけそうよ、なによこのオッドアイ、憎らしいじゃない！　ムカつくわ！　ほらっ、あんたさっさとこっちに来なさい！」

「いや……ちょっと……」

真雛一人が、状況から取り残されている。

「おれ、なにがなんだかさっぱり……」

「ちんたらすんじゃないわよ！　オカマなめんじゃないわよ！　さっさとおし！　メークさーん！」

「ちょっと待てえええ！」

こうして真雛はメーク室へと連れ去られた。


(おれはいったい、こんな所でなにを……)

煌《きら》びやかな衣装を着せられ、顔には薄い化粧を施され、真雛は呆然《ぼうぜん》と鏡の前に立っていた。

パフを手にしたメーク係の女性が、ほぅっと大きなため息をつく。

「松田《まつだ》さん、この子、ドーランいりませんよ。この肌、隠すところないくらい綺麗《きれい》だもん。ノーズシャドウすらもいらないなんて、どういうことって感じ」

「ふふふふ。いける。いけるわ。がんばるのよ、少年」

「だからなにをがんばるんだよっ！」

真雛はその場で地団駄を踏んだ。

そんな真雛の口元を、駆けつけた水城の手が覆う。

「余計なことは言わなくていいのっ。後でギャラはずむからっ」

「ギャラなんかいらねーよ！　おれはただ、さっきのヤツに……！」

一言謝ってほしいだけだったのに、どうしてこんなことになったのか。一つも合点がいかなかった。

恰幅《かっぷく》のいいオカマはどうやら、松田という名前らしい。松田はふと思い出したように、真雛の尻《しり》のあたりを指さして言った。

「ところで少年、さっきから気になってたんだけど、その尻尾《しっぽ》はなに？　新手のアクセサリー？　あんたって不思議系のファッション好きな人？」

「外そうとすると怒るんですよぉ」

メーク係の女性が、悲しそうに告げ口する。真雛はぱっと尻尾を押さえた。

「こ、これはっ、大事なものだから、だめなんだっ！」

「大事ったって、仕事中は外しなさいよ。邪魔よ、それ」

「嫌だ、絶対やだっ！」

（ていうか、これは外せねえんだよっ！）

真雛はしっかり尻尾《しっぽ》を覆い、かぶりを振った。一同は困った顔をしたが、すぐに松田が取りまとめた。

「モデルの我《わ》が儘《まま》ごときでヘコんでたら、この仕事やってらんないわよ。ほっときましょ。バックから撮るシーンはないんだから、服の中に隠しちゃえばいいのよ。それならいいでしょ、少年」

「真雛だっ！」

真雛は威勢よくそう怒鳴り、自分で尻尾を服の中に隠した。

再びスタジオに戻された真雛は、真っ先に黒い服の男を睨《にら》みつける。

「おい、おまえ。怒るのにも名前がないと不自由だから、名前教えろ」

「……北条《ほうじょう》一威《かずい》」

真雛の横柄な態度にも無反応に、男は簡潔に名乗った。そのとき、スタジオの入り口から声がした。

「お、すげえ生意気系。社長好きでしょ、こーゆータイプ」

「なっ⁉」

驚いたのは北条でなく、真雛のほうだ。北条のほうはといえば、特に反応も示さずにさっさとスタジオの隅へ移動する。

真雛は北条を追いかけるのも忘れて、たった今、口を挟んできた男に詰め寄った。

「なんだよ、あんたっ」

「おおーっ、半端《はんぱ》でなく生意気〜。でも、自分を撮ってくれるカメラマンの名前くらいは覚えておけよ」

言いながら男は、名刺を差し出した。名刺には『カメラマン・戸田祐一朗《ゆういちろう》』と記されていた。戸田は、まだなにか言いたげな真雛の腕を摑《つか》んだまま、後ろに立っていた松田に笑いかけた。

「中条くん逃げたってゆーから帰ろーかなーと思ってたけど、帰らなくてよかったわ」

「でしょでしょ？　掘り出し物でしょ」

松田が嬉《うれ》しそうに両手をこする。

戸田も「うんうん」とうなずき、相好《そうごう》を崩した。

「うん、たしかに。下手すると中条くんよりいけるかもよ」

（なんの話をしてるんだ？　こいつらは……）

真雛はいまだに状況が摑《つか》めない。

が、自分がその『中条』というモデルの代役に使われることになったらしいということだけは、なんとはなしに理解できた。

（……にしても、いけ好かない野郎だな！）

真雛は戸田に、不躾《ぶしつけ》な視線を投げつけた。北条のことも気に入らないが、この戸田という男も相当に真雛は気に入らない。背が高く、カメラマンではなくモデルのような風貌《ふうぼう》をしているが、茶色の髪と軽い口調がいかにも軽薄そうで、それでいて裏があるような悪い意味での賢さを感じるのだ。

そんな真雛の不信感を意にも介さず、戸田は手早く機材を調えた。

「じゃ、始めるよ。撮影は初めて？」

「当たり前だっ」

真雛は膨れた。

「こっちの言うとおりポーズ取ればいいから、言うこと聞いてな？　顔は膨らましちゃだめだよ、せっかくの美貌《びぼう》が台無しになる」

「う……っ」

真雛は言葉に詰まった。

北条のように無視するのではなく、水城のように的が外れたことを言うのでもない戸田の態度は、真雛がもっとも苦手とするものだった。

怒るタイミングが摑《つか》めないからだ。

(こ……このタイプは苦手だ……)

でもこのタイプに限らず、人間全般が苦手かも……いや、魔界にいた時だってそれほど『得意なタイプ』なんていなかったし……と考え始めるときりがなくて、真雛の顔には自然に翳《かげ》が差していく。

「お、いいね〜その顔」

しかしその憂いを帯びた顔は、ちょうど戸田のニーズに合致していたらしく、戸田は上機嫌でシャッターを切り始めた。

こうして撮影は始まった。


「いやー、禍《わざわい》転じて福となすってゆーのはまさにこのことですねっ」

スタジオから帰る車中、水城はずっと上機嫌だった。

「社長も人が悪いですよ、そのつもりでこの子を連れてきたなら、最初からそう言ってくれたらいいのに。ほんっと喋《しゃべ》んないんだから、もー」

撮影は恙無《つつがな》く終わるどころか大成功で、戸田は急なモデルの変更に機嫌を悪くするどころか逆に、真雛のことをいたく気に入ったようだった。そのことは心配性の水城の胸を、本当に安堵《あんど》させたようだ。

しかし、喋り続ける水城とは対照的に、真雛と北条はひたすら無口だった。北条はそれが通常の状態なのだろうが、もちろん真雛のほうは違う。

真雛はずっと、北条を観察していたのだ。

（こいつ……ほんとにただの人間か？）

さっき北条は、ビルから一歩出た途端、五人の女に囲まれていた。

どの女も北条が出てくるのを待ちぶせしていたらしく、頻《しき》りに「今度いつ会えるの？」とか「その女はなんなの！」などと互いに言いあいながら北条の腕にしがみつこうとしていた。そんな彼女たちを北条は空気のようにまったく無視して、水城に守られながら車に乗った。

呆気《あっけ》に取られながら真雛は、思わず水城に聞いてみた。

『あれは全部、北条の女か？』と。

『いや、全部仕事とかで知り合った人たち。社長は歩くフェロモンみたいな人だからねー。なぜか女性にすぐ好かれるんだよ。羨《うらや》ましいようなそうでないような、不思議な感じでしょー』

水城の答えに、真雛は平静ではいられなくなった。

（歩くフェロモン……）

真雛は顎《あご》に手を当てて、じっと考えた。

撮影自体は、たしかに上手くいった。

しかし真雛は、最前戸田に言われたことがひどく気になっていたのだ。

シャッターを切りながら戸田がぽつりと呟《つぶや》いた一言を、真雛は決して聞き逃さなかった。

『ん～、顔も体もイイんだけど、色気が足りないんだよな～、どーしても』

その一言は、一人前のインキュバスを目指す真雛にとっては致命的な一言だった。

たしかにそれは、真雛にもっとも欠けているものだからだ。

(……色気が、足りない……)

真雛はじいっと、北条を見続ける。

後部座席から見ているため、サイドシートに座る北条の後頭部しか見えないが、それでも真雛は注意深く、ある疑念を胸に秘めて北条の正体を見極めようとする。

その、疑念とは。


(こいつ……もしかして、人間じゃないんじゃないのか?)


真雛の行き着いた結論は、それだった。

魔族の中には、しばしば魔界を抜け出して人間界に住む者がいる。

そういった者は何食わぬ顔をして人の世に紛れているが、往々にしてなにかの才能に傑出していたり、特異なほど美しい容姿を持っていたりして人を惑わすことが多い。魔族に限らず、天界を抜け出して住む天使の中にもそういった手合いは存在するらしい。

真雛は魔族ゆえに天上人のことは知らないが、この北条に対しては、明らかに人とは異質のなにかを感じていた。

(そうだよな。見た目にしても能力にしても、こいつっておれよりもよっぽど魔族っぽいし……）

真雛は無意識に、目を眇《すが》めた。

しかし、いくらそうして集中してみても、北条の背中に羽根は見えない。魔族にしろ天上人にしろ、能力・ランクの高い者ほどその正体はわかりにくい。それこそ文字どおり、尻尾《しっぽ》を出すことなどしないだろう。

（と、すると……）

真雛はじっと考え続けた。

もしも北条が本当に『魔族』であった場合、真雛にとってそれは千載一遇の大好機だ。なぜなら自分よりもランクの高い同族を誑《たぶら》かすことには、大変なメリットがあるからだ。

インキュバスの世界の教義では、誑かされた者は誑かした者に隷属する立場を取ることになっている。それは即《すなわ》ち、その同族の地位がそっくりそのまま誑かした者のものになるということだ。

ただの人間を堕《お》とすより、よほど価値がある。

（もしもこいつが本当に高いランクの同族だったら……ゆ、夢の二階級特進だって、ありじゃねーかよ……！）

あの顔、あの体、加えて出会う女すべてを誑かす、異様なまでのもてっぷり。

北条が同族（それもかなり高いランクの）である可能性は、極めて高いように真雛の目には見えた。

（だ、だとしたら、絶対に……！）

こいつを堕《お》とそう、堕とさなければいけない、堕とさずにいるものか。

真雛の内面に、激しい情熱の炎が燃え上がった。

そんな真雛の胸中にもまるで気づかず、水城はのほほんと話し続ける。

「いやー、あまりにも非常識な出会いだったんで、顔貌《かおかたち》にまで目が行き届きませんでした。ほんとにすごい拾い物をしましたねえ。それで、二人はいつどこで知り合ったんですか？」

つい今さっき、あの道っぱたで踏まれて出会ったんだよ、という言葉を呑《の》みこんで、真雛は突然、掌《てのひら》を返したように腰を低くして頼みこんだ。

「あのっ、さっきはすまなかったっ。おれのこと、事務所に置いてくれないか？」

真雛の突然の豹変《ひょうへん》ぶりに、水城はハンドルを握ったまま目を瞬《しばた》かせる。

「えっ？　で、でもきみ、家には帰らなくていいの？　まさか、家出とか……」

「ち、ちがう、一か月でいいんだ！　一か月経《た》ったら家に帰るから！」

真雛は慌てて言い直した。

どうせ地上には一か月しかいられないのだから、それでじゅうぶんだと真雛は思っていた。

一か月のあいだに、北条を堕《お》とせればいいのだから、と。

運転しながら水城は、「うーん」とこめかみに手を当てた。

「ほんとに本当？　ちゃんと帰る？」

「帰る帰るっ、むしろ帰りたいし！」

「どうします？　社長」

水城はちらりと横に座る北条を見て聞いた。

北条が、小さく頷《うなず》くのが真雛にも見えた。

それで水城の意思は決まったらしい。

「じゃあ一か月だけ泊まってってもいいけど、おうちにはちゃんと電話してよ？　まあ、こっちもちょうどよかったよ。きみとは正式に専属契約を結びたいからね」

「うん、結ぶ結ぶっ！」

真雛は喜んで、座席を揺らした。

(金髪だけど、こいつはけっこういいヤツかもっ)

金髪は天使の色だからと偏見を持っていた真雛だが、考えてみると天使のほうが性格いいからつきあいやすいんだよなぁ……という事実からはどうしても目を背けられそうもなかった。

なにせ、愉火琉の例があったので。

3

事務所に着く頃にはもう、東の空が白み始めていた。水城《みずしろ》は眠そうな目をして、マンションの入り口の脇《わき》についたプレートに指を滑らせ、暗証番号を押した。

「着いたよー。適当に好きな部屋に入って」

「って、言われても……」

マンションのエントランスホールで真雛《まひな》は、水城から大量のカードキーを渡され、戸惑った。

十階以上は確実にありそうな建物なのに、人の気配がしない。まだ新しく、洒落《しゃれ》たデザインのマンションだが、ほかに入居者はいないのだろうかと真雛は訝《いぶか》しむ。

「どの部屋に行けばいいんだよ？」

「どこでも好きな、空いてる部屋に行っていいよ」

水城はふわぁとあくびをすると、さっさとエレベーターに向かって歩きだす。

(このマンション一棟全部、こいつらの持ち物なのか？)

聞こうかとも思ったが聞く時機を逸して、真雛はただ驚いた。悪魔である自分よりも、こいつらのほうがよほど得体が知れない、と。

真雛はとりあえず水城と北条《ほうじょう》の後を追って、いっしょにエレベーターに乗った。エレベーターの中で、水城は眠そうに瞼《まぶた》をこすって言った。

「きみも少し寝れば？」

「いや、おれはべつに……」

眠くないわけではなかったが、とにかく期限は一か月しかない。眠っている暇はないのだ。

真雛はそわそわと落ち着きなく、北条の様子を窺《うかが》った。

(う……うまく、やれるだろうか……)

これからいよいよ北条を『性的に堕落』させるわけだが、真雛の胸中には大きな不安があった。

じつは真雛はインキュバスを目指しながら、まだキスもしたことがなかったのだ。

そのことを思い出して、真雛はしょんぼりと肩を落とす。

(ていうか、したくなかったし……)

インキュバスに生まれつきながら、真雛はまったく、性的なことに興味がなかった。むしろ、愉火琉《ゆかる》を筆頭に大勢の同族や人間に躰《からだ》を狙《ねら》われ続けたため、すっかりセックス嫌いになっていた。

（でもっ、今回ばかりは逃げらんねーんだよ！　なんとかこいつを堕落させて虜《とりこ》にしねーと、おれは……！）

よりにもよって、変態じじぃの慰みものだ。

真雛はぶるりと身震いした。

やがてエレベーターが五階に着くと、水城が降りた。

「ぼく、ここだから。おやすみー」

次に扉が、チン、と音をたてて開いたのは十階だ。北条は真雛を置いて、さっさと廊下を歩きだす。

不意をつかれる格好になって、真雛はあわてて手を伸ばした。

「あ、ま、待てっ」

しかし、北条は待たない。廊下の一番奥の部屋を目指して、脇目《わきめ》もふらずに足早に立ち去っていく。

真雛は急いで後を追い、北条が閉じようとした扉にしがみついた。

「閉めるな、開けろ！」

「………」

北条は一瞬だけ鬱陶《うっとう》しそうに眉根《まゆね》を寄せたが、真雛が決してドアから離れないと知ると仕方なささそうにドアを開けた。

どうにか玄関に入りこんだ真雛は、はーはーと肩で息をした。

（ど、どうにか潜りこんだけど……これから、どうするか……っ）

真雛は息を整えながら、まずは靴を脱ぎ、部屋に上がりこんだ。そうして辺りを見回して、思わず「うっ」と言葉に詰まった。

間取りはおそらく2LDK、しかしその一部屋が怖《おそ》ろしく広い。リビングには革張りの応接セットと電話以外にはなにもなく、がらんとした空間が広がっている。北条は、真雛がまるで存在していないかのように無視してリビングを通り過ぎ、寝室へと向かった。真雛も急いで後を追う。

「おいっ」

言葉の接《つ》ぎ穂《ほ》を見つけられず、真雛は怒鳴った。

「無視すんなッ！」

さっさとベッドに横たわった北条の上に跨《またが》って、真雛はシーツを捲《めく》った。ウォーターベッドのぷるぷるした感触が、思いのほか心地よい。そんな真雛を、北条はまるで珍獣でも眺めるかのように見つめていた。

（こいつ……っ！）

その冷静さが、真雛の神経を堪《たま》らなく逆撫《さかな》でする。この鉄面皮をぶち壊して、喘《あえ》がせて、滅茶苦茶にしてやりたくなる。

（きれーな顔してるからって、すかしやがって……！）

「どけ」

部屋に入って初めて北条が口を開いた。

しかし、真雛は聞き入れない。

「嫌だ」

「……幼稚園か小学校で、いきなり他人の家に上がりこんで馬乗りになってはいけないと習わなかったか？」

「習ってねーよ！」

それは本当のことだった。

魔法学校では常識を貴ぶということは習わないし教えない。悪魔なのだから当然といえば当然だ。

持って生まれ、さらに研鑽《けんさん》を重ねた美貌《びぼう》や媚態《びたい》で、悪徳を栄えさせるのが悪魔の仕事なのだが、いかんせん真雛にはその才能がなさすぎる。

（……もしかしておれ、単なる非常識な人間……とかに、なってる……？）

思わずはっと我に返り、少し弱気になった真雛の隙《すき》を見抜いたかのように、北条は突然、真雛の後頭部に右手を回し引き寄せた。

「わっ？」

大きな掌《てのひら》で引っぱられて、真雛はぐっと北条に顔を近づけた。吐息が触れるほど、間近に北条の顔があった。

（……き、きれーな顔……だな……）

真雛の意思とは関係なしに、真雛の心臓は高鳴った。

決して女性的ではなく、むしろ体格や骨格は男性的なのに、北条の肌は女よりもよほど肌理細《きめこま》かい。

鼻梁《びりょう》や頬《ほお》の線は彫刻のように寸分も狂わずに整い、眼窩《がんか》に塡《は》まった眸《ひとみ》は黒く澄んで蠱惑《こわく》的《てき》だ。美しさだけなら魔界でも一、二と讃《たた》えられた真雛も、軽い嫉妬《しっと》と憧憬《しょうけい》を抱かざるを得ない。

目を逸《そ》らすこともせず、真雛と視線を合わせ続ける北条の虹彩《こうさい》に、自分の姿が映っているのを真雛は見た。

（こいつ……）

吸いこまれそうな感覚に、真雛は目眩《めまい》に似た感覚を覚える。

（こいつなら……嫌じゃ、ないな……）

あんまり、綺麗《きれい》だったから。

こんなに綺麗な顔や手や髪なら、触れてみたいと思えるから。

しかし真雛は、すぐに我に返ってその考えを打ち消した。

（い、いや、べつに、こいつがいいってワケじゃなくて、エロじじいに比べたらマシってゆーだけのことで……！）

一人で紅《あか》くなったり蒼《あお》くなったりする真雛のことを、珍獣を見る目つきで観察していた北条の左手が、突如真雛の腰に伸びた。

「ひっ……!?」

真雛の背中が、びくりと跳ね上がる。

北条の左手が、真雛の腰を探り、尻尾《しっぽ》をきつく摑《つか》み上《あ》げたからだ。

「やっ……、そ、そこはっ……！」

真雛は激しく身を捩《よじ》り、その手から逃れようとするが、北条はきつく尻尾を握って離さない。

インキュバスの尻尾《しっぽ》は究極の性感帯だから、そこを摑《つか》まれるのは性器を直接握られるよりもつらい。

「やだっ……やっ……！」

身を捩《よじ》り喘《あえ》ぎ続ける真雛の耳元で、北条はふと嗤《わら》って言った。

「半人前以下のインキュバスか」

「……！」

真雛の喘ぎが、一瞬だけだが止まる。

（やっぱり、こいつ……！）

同族か、と真雛は北条を睨《にら》んだ。

ただの人間なら、真雛の正体に気づくはずがない。自分の読みが当たったことを、真雛は密《ひそ》かに喜んだ。

が、そうやって喜んでいられるのも束《つか》の間《ま》だった。

「ン、ンッ……」

髪を摑まれ、強引に唇を重ねられ、真雛の躰《からだ》からくたりと力が抜ける。それは真雛の、初めてのキスだった。

（これ……キス……？）

重ねられている唇からじわりと全身に、甘い疼《うず》きが広がっていく。北条の唇は冷たくて、熱くなりかけた躰《からだ》に心地よかった。

「ふぁ……っ……」

ゆっくりと、唇が離されていく。

蕩《とろ》けた瞳《ひとみ》をして腰を震わせる真雛の胸板を、北条は軽くベッドの上に突き飛ばした。

「おもしろい。誘ってみろ」

「え……？」

まだ口付けの余韻から醒《さ》めていない真雛は、ぽやっとした目をして聞いた。

北条の手が、ベッドに仰向けに転がった真雛の躰に再び伸びる。

しかも今度は尻尾《しっぽ》ではなく、いきなり核心を握られて真雛は肩を竦《すく》ませる。

「あぅっ……！」

「インキュバスならそれらしく、『仕事』をしてみせろ」

（こいつ……っ！）

真雛の胸に、悔しさがこみ上げる。北条の目は、明らかに真雛を挑発している。

負けず嫌いな真雛は意地だけで起き上がり、北条の上にのしかかった。

「ン……」

今度は自分から唇を重ねてみる。

北条の服を脱がし、思い切って北条の牡《おす》の部分にも触れる。

北条が、着替えもせずにベッドに向かった『真意』など知る由《よし》もないし、考える余地も真雛にはなかった。

北条のものにズボンの上から触れた途端、真雛はぎょっとして手を引いた。

(で、でか……い……っ)

それは、経験のない真雛を怯《おび》えさせるのにじゅうぶんな大きさだった。

しかも、硬い。

真雛は急に怖くなり、それきり動きを止める。北条が、視線で続きを促す。

「くっ……」

仕方なしに真雛も、着衣をすべて脱いだ。乱暴な仕草でシャツを脱ぎ、ズボンを下着ごと脱ぎ捨てる。北条のものに比べればずいぶんと可愛《かわい》らしいペニスが、下着の中から零《こぼ》れ落《お》ちた。

「わ……っ」

反射的に真雛は、そこを手で覆った。

他人にそこを見られるのは、まだ恥ずかしかった。しかし北条は、そんな真雛を促した。

「見せてみろ」

「う……っ……」

北条に言われて、真雛は震える手を離した。

恥じらっているとか、怯《おび》えているとか思われるのは嫌だった。なるべく手慣れた、熟練のインキュバスだと思われたい見栄《みえ》もあった。

北条とは違い、真雛のそこはまるで勃起《ぼっき》の兆《きざ》しを見せてはいない。ピンク色の小さなそれは、縮こまるようにして震えているだけだ。

「感じていないのか。インキュバスのくせに」

「う、うるさ……いっ……」

感じていないわけではなかったが、まだ緊張が快感を上回っていた。それは自分のせいではないと、真雛は心で言い訳した。

(そりゃあこいつは相当位の高いインキュバスだろうから、慣れてるだろうけど……っ)

すると北条が、とんでもないことを言い出した。

「自分で慰めろ」

「え……？」

「そこが勃《た》っていなければどうしようもないだろう」

「……！」

やっと言われた意味に気づいて、真雛は耳まで紅《あか》くなる。

北条はまた、意地悪く嗤《わら》った。

「してほしいなら、ちゃんと頼め」

「い、いらねえよ！」

精一杯の虚勢を張って、北条の前で真雛は膝立《ひざだ》ちになり、ぎゅっと両手で自身を握る。

「く……っ……」

人前で自慰をするなんてもちろん初めてで、真雛は恥ずかしさで目が眩《くら》みそうだった。

自慰自体、ほとんどしたことがないのだ。

「ん……くっ……」

萎《な》えた陰茎を、真雛は懸命にこすり続ける。しかし真雛のそこは、いくらこすってもぴくりとも反応してはくれない。

快感ではなく、羞恥《しゅうち》だけが増していく。

(どうして……だよっ……⁉)

「ううっ……くっ、んんっ……！」

それでも懸命に続ける真雛を、北条が冷たく制した。

「もういい」

「あ……っ」

バカにされているのだと、真雛は感じた。

インキュバスなのに、ぜんぜん色気がなくて、肝心な時に役に立たなくて。

もう死んでしまいたいと、真雛は思った。

（やっぱりおれ……変態じじいの慰みものになるしかないのか……？）

そんな不安に、押《お》し潰《つぶ》されそうになる。

「う……っ……」

真雛はついに、ぼろぼろと泣き出した。そんな自分の涙さえ、自分のプライドを傷つけるがどうしようもないのだ。

きっと、バカにされる。蔑《さげす》まれる。だって北条は、自分と違ってきっと第一級のインキュバスで、しかもこんなに意地悪なのだから。

そう信じて泣き続ける真雛の頬《ほお》に、冷たい手が触れた。

「泣くな」

「……っ⁉」

真雛は耳を疑った。

北条の声は、優しかった。指先も、柔らかだった。

まるで、大切な恋人をいたわるように。

「あ……っ」

再び口付けが、真雛の唇に落とされる。目も耳も疑いながら、真雛はその口付けに蕩《とろ》けた。

どうして自分なんかに北条は優しくするのかと考えて、真雛ははっと気がついて落胆した。

(なん……で……っ?)

北条は、インキュバスだ。

セックスする相手の心や躰《からだ》を蕩かせるすべなど、いくらでも身につけているだろう、と。

こんな綺麗《きれい》な男にこんなふうに優しくされれば、誰だってうれしいに決まっている。自分だってインキュバスなのに、そんな手管には溺《おぼ》れたくないと真雛は強く思う。

けれどもう、心はともかく躰は止められなかった。

「ン……あっ……！」

きゅ……と優しく、真雛のペニスが握られた。じんと痺《しび》れるような快感が、真雛の下腹部に広がる。

自分でした時は、絶対に感じられなかった快感が。

「あうっ……ふ、んんっ……んっ……！」

拙《つたな》いだけの性感しか知らなかった真雛の腰は、あっという間に砕けそうになる。膝《ひざ》が、がくがくと震える。

茎をこすられ、先端の丸みを弄《いじ》られて、あっという間に真雛は勃起《ぼっき》した。それを見届けると北条は、ゆっくりそこから手を離す。

「や……っ！」

もっと、もっとしてほしい。

真雛は咄嗟《とっさ》に、そう目で訴えていた。しかし北条の関心は、すでに別のところに移っていた。

「や……そこ……っ？」

ちゅ……と音をたてて、北条の唇が真雛の胸板に吸いついた。小さな乳首を飴《あめ》のようにねぶられて、真雛は軽くいやいやをする。

（やだ……っ……そんな、とこ……っ）

北条の唇は、冷たくて薄くてひどく心地よかった。

吸われるだけでなく、舌先でコリコリと転がされて、真雛はきつく奥歯を噛《か》みしめる。

じわりと疼《うず》きにも似た快感が、嬲《なぶ》られている乳首を震源にして臍《へそ》の下へと伝わっていく。

勃起《ぼっき》が、ますます激しくなる。

女でもないのに、女のように乳首を弄《いじ》られ感じさせられて、真雛は激しく首を振った。

そのたびに下腹部の屹立《きつりつ》も、ふるふると左右に揺れる。

「は……ぁ……っ……」

真雛は知らずに、甘い吐息を漏らしていた。もはや北条に腰を抱えられていないと、膝《ひざ》を立ててもいられない状態だった。

たまらなく、気持ちいい。

「ふぁ……っ？」

またそこからも唇を離されて、真雛は胡乱《うろん》な目をして北条を見る。完全に北条のペースに嵌《は》められていることは、すでに真雛の頭から消えていた。北条はまた、優しい仕草で真雛の腰を引き寄せる。

膝立ちのまま、屹立したものを北条の口元まで運ばれても、真雛は子供のように従順に従ってしまっていた。

しかし、次にされたことが図らずも真雛を少しだけ正気に戻した。

「んぁぁっ！」

北条は真雛のペニスの根元を摑《つか》むと、いともたやすく口に含んだのだ。それも、根元まで。

真雛は女のような悲鳴をあげた。唇は冷たいのに、北条の口の中は熱くて、真雛は自身がじゅっと蕩《とろ》けそうな錯覚に陥った。

「やだ……ッ……熱、い……やだぁぁっ……！」

いったん根元まで含まれて、それから扱《しご》き上《あ》げるようにぬるりと口から茎が出される。その感触に、真雛は「ひっ」と愛らしい悲鳴をあげて背筋を撓《しな》らせる。それから先端の膨らみの部分だけを飴《あめ》のようにしゃぶられて、身を捩《よじ》る。

「やぁ……っ……そこ……っ！」

先端の切れこみあたりを舌先で擽《くすぐ》られて、真雛はついに涙を零《こぼ》した。性器全体が痺《しび》れるような、破裂してしまいそうな快感は真雛には度がすぎた。

「あぅっ……ふっ、あぁぁぅっ！」

ひどく呆気《あっけ》なく、真雛は達した。

他人の手で導かれる、初めての射精だった。

「あー……ッ……！」

北条の口の中で、自分のものがヒクヒクと痙攣《けいれん》しているのを真雛はリアルに感じていた。気持ちよすぎて、なにも考えられなくなる。

頭の中が、真っ白になる。

最後にちゅっと強く吸って、北条はゆっくりと真雛を口から離した。真雛はどっと、北条の腕の中に倒れこむ。

体が浮くような感じがして、膝《ひざ》を立てていられなかった。

(変だよ……っ……おれの、躰《からだ》……っ……！)

自分が自分でなくなるようで、真雛は少し怖かった。

まだ腰の奥が、じんじんしている。そんな真雛を腕に抱えたまま、北条は真雛の尻《しり》のあたりに手を伸ばした。

「やぁっ⁉」

性器を摑《つか》まれた時よりも激しく、真雛は背筋を撓《しな》らせた。北条の手が、今度は真雛の尻《しっ》尾《ぽ》を摑んだからだ。

「やっ、だ、だめ、だ、そこは……っ！」

精液で濡《ぬ》れそぼつペニスを振りながら、真雛はなんとかその悪戯《いたずら》から逃れようとする。尻尾《しっぽ》はインキュバスにとって最大の弱点だ。それを制御できるほど、真雛のスキルは高くはない。

しかし北条の唇は、獲物を前にした獣のように悪辣《あくらつ》に笑った。

「きゃあぁうっ！」

今度こそ本当に女のように、真雛は泣いた。

さっきまでの優しさが嘘《うそ》のように、北条は執拗《しつよう》に真雛の尻尾を弄《いじ》り回《まわ》した。それだけでなく、強引に尻尾を口元に引き寄せて、唇で味わったりもした。

ペニスにされたのと同じように、尻尾はこすられ、弄られ、北条の舌や唇の餌食《えじき》にされる。

激しく放出したばかりの真雛のペニスが、ショックを受けたようにぴんと勃《た》った。

「あうっ、ひっ、あぁぁっ！」

まるで粗相をしたように、真雛は精液を立て続けに漏らした。ぴしゃぴしゃと秘めやかな水音が響く。

そうして真雛を懊悩《おうのう》させながら、北条は空いているほうの手で真雛の尻肉を割った。

「え……っ？」

唐突に触れられて、真雛は混乱する。

男同士でのセックスのやり方を、真雛は知識としてはいちおう知っていたが、心の準備はまるでできていなかった。

それにもかかわらず、北条の指先は容赦なく真雛の小さな蕾《つぼみ》をつついた。

「ひゃ……っ！」

つぷ……と指が、第一関節まで沈んだ。

北条はもう片方の手も真雛の尻《しり》にやって、両手で真雛を弄《まさぐ》り始める。きつく閉じていた皺《しわ》が、くい、と左右に拡《ひろ》げられる。冷たい外気を体内に感じて、真雛は「んっ」と息を詰めた。

「やっ、そ、……んな、中ぁ……っ！」

どろどろに蕩《とろ》けた真雛の淫液《いんえき》のすべてを、北条は真雛のアヌスに塗りこみ始めた。初めてにもかかわらず、真雛のアヌスはチュッ、クチュッ、と淫靡《いんび》な音をたて、北条の指に絡《から》みつく。

「嫌だ……ッ……そん、な……っやだぁ……っ！」

あろうことか、真雛は禁忌の箇所で感じ始めていた。

指でひどくいやらしく中を弄《いじ》くられるたびに、性器を刺激されたのと同じくらい、否《いや》、それ以上の快感が湧《わ》き起《お》こる。本来は性器でしか感じないはずの性感が、アヌスを震源にして体中に広がっていく。

真雛のインキュバスとしての素質が、目覚めさせられようとしていた。

「やだ……だ、め……っ……だめ、だよぉ……っ！」

自分で望んだことのはずなのに、真雛はただひたすらに怖かった。そんな真雛を、ますます脅《おびや》かす行為が下肢では行われようとしていた。

「あ……！」

はっとして下を見やると、熱い屹立《きつりつ》が真雛の拡《ひろ》げられた後孔に迫ってきていた。真雛は咄嗟《とっさ》に腰を浮かせてそれから逃れようとするが、敵《かな》わない。

ずっ、と柔らかな媚肉《びにく》に肉茎が刺さる、淫靡《いんび》な音と感触が真雛を襲った。

「ンぁぁっ……！」

ため息にも似た喘《あえ》ぎを、真雛は零《こぼ》した。

女の胎内よりもよほど淫《みだ》らに蕩《とろ》けた真雛の狭い肉筒に、指よりも太いなにかがゆっくりと沈んでいく。

ずず……っ……と優しく抉《えぐ》られるたびに、真雛の疼《うず》きが癒《いや》される。

「だめ……っ……だ、よ……ッ……入れる、の、やだぁ……っ！」

真雛は少女のように、弱く哀願した。

必死で北条の根元を両手で押さえ、それ以上の侵入を拒もうとする。しかし、真雛の腰を下へと導いていく北条の力のほうが強かった。

真雛は騎乗位《きじょうい》の格好で、北条のものを根元まで突き入れられた。

「はぁ……っく……ア……ッ……」

真雛は頬《ほお》を紅潮させて、緩く首を振った。知らないうちに真雛のペニスは、臍《へそ》につくほどまた勃起《ぼっき》していた。

尻《しり》に入れられたものが、気持ちいいのだ。

さらに真雛を惑乱させることを、北条は続けた。

「やっ……だ、こ、れっ……気持ち、い……ぃよぉっ……！」

両手で腰を固定されたまま、真雛は北条に下から突き上げられた。もう限界まで刺さっていると思っていたが、奥までねじこまれたまま腰を揺すられると中が掻《か》き回《まわ》されてたまらない気持ちになる。

北条のものが、体内でどくどくと脈打っているのが伝わってくる。

（あ……これ……っ）

北条のものを入れられたのだ、と改めて自覚して、今さらながらに真雛は激しい羞恥《しゅうち》を感じた。

「だめっ……やっ、腰……止ま、なく、なっ……ふあぁぁあっ！」

陰茎を入れられたまま尻尾《しっぽ》を弄《いじ》られて、真雛は無意識に腰を上下させ始めた。

尻尾やペニスを弄られると、肉杭《にくくい》で拡《ひろ》げられたアヌスの中が疼《うず》いてたまらなくなる。それを鎮《しず》めるためには、自ら淫《みだ》らに腰を振って北条の陰茎で中をこするしかない。北条の陰茎をねじこまれたままの尻《しり》を振って、真雛は涕《な》き喘《あえ》ぐ。

「うぁっ……!?」

ずっと北条の手で弄《もてあそ》ばれていた尻尾が、北条を銜《くわ》えこんだままの真雛のアヌスに導かれた。

北条の意図を察して、真雛は泣きながら躰《からだ》を揺すった。

「だ、めっ……やめろっ……よっ……ヒッ、あぁぁーッ！」

じゅくぅっ、と媚肉《びにく》が広がる音ともに、北条を含んだままの真雛のアヌスから淫液《いんえき》が飛び散った。

自分の肉杭をねじこんだままのアヌスの入り口を、北条は器用に指で引っ張って隙間《すきま》を作った。

そうしてその隙間に、真雛の尻尾を入れたのだ。

「ア……ア……ツ……」

尻尾《しっぽ》を自らのアヌスに入れられた刹那《せつな》、真雛は背筋を突っ張らせたまま、気を失いそうな絶頂に全身を痙攣《けいれん》させていた。

北条が、その耳元に甘く囁《ささや》いた。

「おまえの、中だ」

「あんうっ！」

ジュルッ、と尻尾が引き抜かれる。

「わかるか？　インキュバス。食い千切られて、蕩《とろ》けさせられそうだ」

「ふぁ、ア……ふ……っ……」

真雛の背中から、ばさりと黒い二枚の羽根が伸びた。気が狂いそうな快感のせいで、正体を隠すこともできなくなっていた。

「も……っ……やだ、よぉ……っ」

このままでは本当に、気持ちよすぎて狂い死ぬ。

真雛は本気でそう怯《おび》えた。

相手が悪かったのだと、すでに音を上げていた。

「やめ……って……く……っ……おれ、もうっ……無理、だよぉ……っ！」

しかし北条は構わずに、真雛のアヌスの中を貪《むさぼ》り続《つづ》ける。

ズチュグチュと激しく出し入れされ、突き上げられて、真雛はただされるがままに精液を漏らし続けるしかない。

「気、狂、う……っ！」

このままでは本当に、自分は壊れてしまう。

真雛は心から怯《おび》えていた。

「あ、ンッ……くっ、あぁぁ……っ！」

やがて北条自身のものも、絶頂に近づいているのか真雛の中でびくびくと震えた。真雛は震えながら目を閉じ、その瞬間を待った。

（ンッ……あと、少し……っ……）

真雛は無意識に、ぎゅうっと腰ごと陰部を北条に押しつけた。途端に北条のものが、どくん、と脈打って真雛の体内で爆《は》ぜた。

「あアーッ！」

熱いものが大量に、真雛の中に流れこんでくる。

真雛はじっと、それを味わった。

（嫌だ……っ……変、になる……っ……）

ていく。

真雛は目を閉じ、ぶるりと身震いした。強い『力』に満ちた熱い体液が、真雛を満たしていく。

格上のインキュバスの精を受けることは、インキュバスにとっては最高の悦《よろこ》びだ。自分の力も増すからだ。

荒く吐息を乱しながら、真雛はようやく目を開けた。と、そのとき、信じられないものが目に入った。

「……え?」

北条に抱きかかえられたまま、真雛はしばし、動けなかった。微動だにせず、北条の背中に現れた『それ』を見ていた。

「え……え、え……?」

北条の背中に、大きな翼があった。

羽根が出たこと自体は、べつに不思議はない。

北条は恐らく、否《いや》、間違いなく、真雛よりもずっとランクの高い魔族だ。魔族の、はずだ。だから、羽根があるのは当然だ。

しかし、真雛を驚かせたのはその羽根の色だった。

(白……?)

真雛の目の前に広がるそれは、目に刺さるような純白だった。

北条に抱かれたまま、真雛はようやく絶叫した。

「え、えええええええ――――――ッ⁉」

「うるさい」

「んんっ……！」

北条を指さして騒ぐ真雛の唇を、北条はキスで塞《ふさ》いだ。それでも真雛は騒ぐのをやめない。ぷはっ、と唇を離して、真雛は続けた。

「ま、待てっ……それ……その、羽根……！」

真雛の喉《のど》が、緊張で渇く。

「羽根が、白いじゃねえかよっ！」

「だから、なんだ」

平然と答えられて、真雛はますます啞然《あぜん》とした。

「だってでっまってっ……！」

舌を嚙《か》みそうになりながら、真雛はやっと、言葉を紡《つむ》ぐ。

「おまえ……天使……⁉」

「知らなかったのか」

やはり平然と、北条は答えた。

まるで、わからないほうが馬鹿《ばか》なのだと言わんばかりに。

(わかるか、普通!)

真雛の憤《いきどお》りは、もっともなものだった。

「天使ってのは普通こう、身も心も真っ白だろ!　おまえに比べりゃさっきの水城ってヤツのほうがよっぽど天使っぽかったぞ!!」

「おまえみたいに間抜けな悪魔がいるくらいだから、身も心もドス黒い天使だっているだろう」

言われて真雛は言葉に詰まる。それから、さっき自分の血の気が引いた本当の『理由』を思い出す。

(待て……悪魔が天使と交わるのって、確か……)

魔界では、第一級犯罪だ。

真雛の顔から、改めて血の気が引いた。

「どけっ!　離せっ!　やっぱりおれに触るなああああ!」

「私も驚いている」

「なにがだよ!?」

とにかく離れようとして暴れる真雛の話をまったく聞かずに、北条は言った。

「羽根を出させられたのは初めてだからな」

「知るかあああ！　とにかくどけえええ！」

しかし北条という名の漆黒《しっこく》の天使は、どうやら真雛をいたく気に入ってしまったようだった。再びベッドに押し倒されて、真雛は目暈《めまい》を感じていた。

4

(朝日がまぶしい……)

眩《まばゆ》い朝日を浴びながら、真雛《まひな》はだだっ広いリビングで膝《ひざ》を抱えていた。

悪魔のくせに朝型生活の真雛にとって、徹夜はけっこうつらかった。

(結局五回もやってしまった……)

北条《ほうじょう》に借りた（というか勝手にクローゼットから出して着た）だぼだぼのパジャマの裾《すそ》を握りしめ、真雛は涙ぐんだ。

(やばい……やばいよ、やばすぎだよ、おれ……！)

ただ落ちこぼれているだけならば、罪に問われることはない。

が、悪魔の分際で天使と交わってしまったことが魔界にばれれば、下手をすると魔籍を剝奪《はくだつ》され、永久追放されかねない。魔籍を失うということは即《すなわ》ち、悪魔にとっては命をなくすのと同義だ。

（やばい……やばすぎる……死んでしまう……！）

徹夜明けでフラフラになった頭を抱え、真雛はうめいた。と、そのとき、リビングのドアが開いた。

「ひぃっ⁉」

悪魔を見てしまった人間のように、真雛は座ったままで三センチほど床から飛び上がった。寝室からリビングへ、現れたのはもちろん北条だ。この部屋には、真雛のほかには彼しかいないのだから。

北条は、びびる真雛に目もくれず、冷蔵庫からミネラルウォーターを取り出して飲んだ。飲み終えるとペットボトルを捨てて、さっさと踵《きびす》を返して寝室に戻ろうとする。真雛はそれを、ネズミ捕り中の警察官のように横柄に呼び止めた。

「おいっ」

「…………」

北条の返事はない。しかし、一瞥《いちべつ》は真雛にくれる。

「ゆうべのこと……くれぐれも、誰にも言うなよ！」

「…………」

やはり、返事はない。了解したのかしていないのか、真雛は不安になる。

「おまえだって、おれと交わったことが天界にばれたら困るだろ⁉　天使だって悪魔と交わったら永久追放だろうが！」

「…………」

それでも北条は眉《まゆ》ひとつ動かさず、そのままリビングから出て行った。真雛は大きく嘆息した。

（ほんっとぉ～に、やばい……。とっとと出て行かねーと……）

しかし、行くあてなどない。貴重な一日を無駄にしてしまったことも、真雛には大変な痛手だった。

（なんとか一か月で一人でも人間を堕落させて虜《とりこ》にして、魔界検定に受からなきゃいけねーのに……！）

真雛は急いで寝室に戻り、ベッドの横に散乱している自分の衣服を身に着け直した。北条は、あきれたことに二度寝していた。

（天使のくせに二度寝すんな！　天使なら天使らしく、早朝から働け！　玄関やゴミ集積所を掃除したり、野良猫《のらねこ》の子供を助けたりしやがれ‼）

またベッドに引きずり戻されてはたまらないので、真雛は心の中でだけそう毒づくと、足音を忍ばせて寝室から出て行った。

玄関で靴を履いた時点でようやく、真雛は行くあてを考え始める。

（……適当に歩き回るだけで、人間って釣れるだろうか……）

真雛の今までの経験上、釣れることは釣れるのだが、そういうふうに容易に釣れる人間は概して『位』が低い。つまり、悪魔に誘惑されて堕落するまでもなく、もともと悪人なのだ。

（またヘンなビデオ撮られそうになったり、ヘンな売春宿に売られそうになったりしたら……意味がねえ……）

そんな悪人を誘惑したところで、得られるものはなにもない。それでは検定は通らない。あくまでも『真っ当な人間』や『徳の高い人間』、もしくは『自分よりも位が高い手練《て》の《だれ》インキュバス』を堕落させ、世にあまねく悪徳を広げるのが悪魔の役割なのだから。

真雛は「う〜……」と唸《うな》り、ない知恵を絞った。

（今から別の人間を探して、間にあうか……？）

間にあわない確率のほうが、著しく高い気がした。

（でも、相手が天使だってわかってて交わったことが知れたらただじゃすまねーし……）

それを考えれば、早急にここから出て行くのが賢明だ。しかし。

（…………）

なぜだか真雛の足は動かなかった。早くこの玄関を出て行かなければと思うのに、どうしても本気で動く気になれない。

（……なんでだろ？）

その理由を考えた途端に、真雛の脳裏に浮かんだのは北条の顔だった。あんな濡《ぬ》れ場《ば》でも、息ひとつ乱さなかった北条の黒い双眸《そうぼう》。

耳の奥に蘇《よみがえ》ったのは、北条の声だった。低く甘く囁《ささや》いた、声。

『わかるか？　インキュバス。食い千切られて、蕩《とろ》けさせられそうだ』

「……ってなに考えてんだよ、おれは⁉」

真雛は自分で自分の頰《ほお》を殴った。

あんなこと、思い出したくもないはずなのに、どうして大切なことのように反芻《はんすう》してしまうのか自分でもわからなかった。

（と、とにかくっ、作戦を変えようっ。ええと……）

真雛はもう一度、考え直す。

（そ、そうだっ、昨日のカメラマンの、戸田《とだ》ってヤツ！　あいつはおれのこと気に入って

たみたいだし、あいつを狙《ねら》うっていうのはどうだ⁉）

戸田が清く正しい人間に見えたかというと決してそんなことはないが、それでも『天使』に比べればマシだ。たとえポイントが低くても、ゼロでなければもうそれでいい。

（よし、そうしよう！　ここを拠点にして、戸田を狙おう！）

ようやく真雛は靴を履き直し、勢いよく玄関から飛び出した。走っていないと、またさっきの残像が――北条の艶《つや》めいた顔が、浮かんできてしまいそうだった。


「おいっ、昨日の金髪、どこだーッ⁉」

真雛は広いマンション内を、縦横無尽に駆け抜けた。憎らしいことにこのマンションは、各階に三部屋ずつ、しかも十階建てである。目的の男を探すには、合計三十部屋を見て回らなければならない。

（くそっ、あの水城《みずしろ》ってヤツ、どの階で降りたっけ⁉）

北条の部屋のある十階から五階まで息せき切って駆けめぐり、ようやく真雛は目的地に辿《たど》り着《つ》いた。

「ここかっ⁉」

五階の角部屋のドアを、真雛はドンドンっと激しく叩《たた》いた。

「起きろー！　緊急事態だ！」

「ふぁ……なに……？」

少し間をおいて、中から眠そうな声がする。凝ったデザインの青い鉄製の扉が、ゆっくりと開く。このマンションは扉のデザインまでもが洒落《しゃれ》ていた。

寝起きそのままの姿でボサボサに髪を乱した水城は、子供のように目をこすりながら言った。

「んん〜……おはよ……おなかすいたの？」

「ちがう！　いや、腹も減ったけどっ、それより昨日のカメラマン、どこにいるんだ⁉」

「昨日のカメラマン？　って、戸田先生のこと？　仕事やる気になったのっ？」

仕事の話になった途端、水城の眠気は吹っ飛んだようだった。水城はキラキラと目を輝かせ、真雛の肩を摑《つか》んだ。

「戸田先生ならバッチリだよ、きみのこと超気に入ってたから！　中条《なかじょう》くんが穴開けた雑誌の仕事が入ってるし！」

「いや、仕事はべつに……てか、とにかくおれ、戸田ってヤツに会わないと……！」

「え？　まさか、今すぐに？」

うんうん、と真雛はうなずいた。

すると水城は、いささか大仰に手を振った。

「ムリだよ、そんなの。今、何時だと思ってるの？　こんな早朝に会いに行くなんて、非常識だよ。いくら第一印象で気に入られたからって、まだ一度しか会ってないんだから」

「で、でも……っ」

待ってる時間すら惜しいんだよ、と言いかけた真雛を水城は制した。

「とにかく夜まで待ちなさい、そしたら戸田先生の行きつけのバーに連れてってあげるから。あの人も夜型生活の人だから、こんな早朝に行ったって会えないよ」

「うぅ……っ」

そこまで言われては真雛も納得するしかなかった。がっくりと落ちた真雛の肩を、水城はそっと押した。

「ぼくも目が覚めちゃったから、とりあえず朝ごはん食べよう。北条社長は昼まで起きてこないし」

「……う〜、わかった……」

真雛はしぶしぶ、水城の部屋に入った。

「パンにする？　ごはんにする？」

「ごはん。あと、野菜は嫌いだから食べたくない」

「だめだよ、野菜も食べないと。スープならいいでしょ、裏ごししてあるし」

「う～……」

　そんなふうに会話しながら、真雛は水城の手料理をご馳走《ちそう》になった。野菜が嫌いな真雛でもおいしく食べられるほど、水城の手料理はうまかった。真雛は素直に感心した。食べ物が絡《から》むと、意固地な真雛もやや素直になる。

「うまいな～、これ。全部あんたが作ったのか？」

「うん、昔調理場でバイトしたことあるし、料理は好きだよ。そういえば中条くんにもよく誉《ほ》められたなあ……」

　遠い目をして水城は呟《つぶや》く。真雛はスープをすくうスプーンを止めた。

「中条って、例の逃げたモデルのことか？」

「そうだよ～ほんとに頭痛いよ～。モデルとか芸能人になる子って、わりとエキセントリックな子多いからねえ……。まあ、それを上手くフォローできなかったぼくも悪いんだけど……」

　水城はがっくりとテーブルにうなだれた。そして次に、がばっと顔をあげて真雛の手を握った。

「真雛くんは逃げないでねっ、なんでも好きなもの食べさせてあげるから！」

「う、うん、まあ、一か月間は確実にいるけど……」

「一か月？　それしかいられないの？」

「……うん……まあ……」

　真雛が気まずそうに目を逸《そ》らすと、水城はそれ以上は追及してはこなかった。

「じゃあとりあえず、中条くんの穴埋めで戸田先生絡《がら》みの仕事を頼むよ。それだけでもうちは、ずいぶん助かるし。ここだけの話、中条くんの穴を埋められるほどの新人なんてそうそう見つからないからね。中堅どころのモデルは逆に、しがらみが多くて使えないんだよ」

「ん、わかった」

　真雛はこくりと頷《うなず》いた。

（一宿一飯の恩義もあるしなあ……）

　冷血そうな北条はともかく、この優しそうな水城をだますのはなんだか気が引けた。

朝食を食べ終わると水城は、真雛をリビングに呼び寄せた。十階の北条の部屋と、間取りはほぼいっしょだった。

「じゃあ、うちの事務所のこと少し説明するね。いちおう業界では二番手くらいには大きいんだよ〜。もともと本業は不動産だったんだけど」

「ふーん」

こんなに人間と親しくなったのは初めてだったため、真雛はなんだかうれしかった。

その日は一日中、真雛は水城にくっついて過ごした。水城は午前中はマンションで電話の応対をしつつ書類をいじり、車で外回りに出かけた。昼過ぎに二人で戻ると、水城の部屋に北条がいた。

「おはようございます、社長」

水城がにこやかに挨拶《あいさつ》すると、北条は無言で頷《うなず》いた。なんだかその顔がやけに癇《かん》に障《さわ》って、真雛はじりじりと北条に近づく。

「社員は早朝から働いてんのに、社長のおまえは寝坊かよっ？」

「いや、ぼくが早起きしたのはきみに起こされたからなんだけど……」

水城が後ろからつっこんだが、真雛は聞き入れない。ただとにかく、北条のことが気に入らなくてたまらない。

(だってこいつは天使だし！　敵だし！　ゆうべ、さんざんすげえことされたし！　つーかおれ、あれが初体験だったし‼)

さらに、ファーストキスでもあったのだ。

そう思うと真雛の怒りは、どんどんボルテージをあげていく。

「おれ、今日から戸田ってヤツと仕事することになったからっ。よろしく覚えとけよっ」

「よろしく覚えてもらわなくても知ってるよ、社長なんだから。なんでわざわざそんなこと言うの？」

またしても水城が後ろから尋ねたが、真雛は視線も意識も、すべて北条に注いでいた。心は北条でいっぱいで、ほかになにか考える余地はなかった。

そんな真雛を北条は、ちらりと一瞥《いちべつ》しただけで積まれた書類に視線を戻した。

(むっ……ムカつく――――！！！　なんだ、その態度はっ⁉)

無視されたことがたまらなく悔しくて、真雛はほぞを噛《か》んだ。

5

　再び夜がやってきた。約束どおりに水城《みずしろ》は、真雛《まひな》を件《くだん》のバーへと連れて行ってくれるようだった。北条《ほうじょう》の部屋で、二人はいそいそと女子高生同士のお出かけのように妙に華やいで服などを揃《そろ》えていた。

「着替え持ってないの？　じゃ、これに着替えて。もう使わない衣装だから、返さなくていいよ」

「サンキュ」

　新しい服まで水城に揃えてもらい、真雛は上機嫌だ。軽く身なりを整えると、水城はまだリビングでノートパソコンに向かっている北条に声をかけた。

「それじゃあぼくは、この子をバーに連れて行きますから。自室に直帰しますから、ここの鍵《かぎ》は閉めてから寝てくださいね」

　ディスプレイに目を落としたまま、北条は小さく首を縦に振る。その様子を横目で見ながら、真雛は水城に聞いてみた。

「北条は行かないのか？」

「社長って呼びなさいよ、ほかの子たちに聞かれたら示しがつかないでしょ。社長はあの店には行かないよ、苦手みたいだから」

「ふうん……」

てっきり北条も来ると思っていた真雛は、拍子抜けする思いだった。

（べ、べつに北条なんか、来ても来なくてもどーでもいいけどよっ）

無理のある嘘《うそ》を自分につきながら、真雛は靴を履いた。どうしてこんなに北条のことばかりが気になってしまうのか、わからなかった。


そのバーは、北条のマンションがある港《みなと》区から車で三十分ほど走った、新宿《しんじゅく》の一角にあった。入り組んだ道を何度も曲がるため、場所は大変わかりにくい。道を進むにつれて、だんだんネオンも少なくなってくる。

真雛は不思議そうに呟《つぶや》いた。

「新宿なのに、このあたりは妙に静かだな」

「繁華街の中心から、ちょっと外れてるからね。あ、もう着くよ」

水城に言われて、真雛はベンツのサイドシートでシートベルトを外した。車から降り立つと目の前に、小さな看板があった。

『club　夜の蝶《ちょう》』。

看板にはそう記されていた。

(夜の蝶？　なんだか年食ったホステスがいそうな店名だな……)

真雛はそう思ったが、店の外観はホステスのいるようなバーには見えない。まるで、ヘンゼルとグレーテルが迷いこんだお菓子の家のようにファンシーな外観だった。

赤い屋根に煉瓦《れんが》の壁。ピンクのポストにたくさんの花。外れとはいえ、新宿の街にはいかにも似つかわしくない。

(もしかして、女性客をターゲットにした店なのか？)

しかしそれなら、どうして戸田が常連になるのかがいっこうに解《げ》せない。頭を悩ませつつも水城に背中を押され、真雛はドアをくぐった。

濃い煙草《たばこ》の煙が、ふわりと夜の帷《とばり》に流れた。

「……う……ッ!?」

一歩店に足を踏み入れた途端、真雛は絶句した。

カウンター席が六つ、テーブル席が四つの小さな店内には、ぎっしりと蚕棚《かいこだな》のように男たちが居並んでいる。カウンターの中に立つバーテンも含めて、女の姿は一人も見えない。その全員の視線が、たった今扉を開けて入ってきた真雛と水城に注がれたのだ。

彼らは一様に、まるで値踏みするように爪先《つまさき》から頭のてっぺんまで真雛と水城を見た。

(な、なんだ、なんだ……!? なんでこんなにじろじろ見られてるんだ……!?)

しかし戸惑うのは真雛だけで、水城は平然と空いている止まり木を目指して歩いて行った。

そのとき、テーブル席から水城に声をかける者がいた。

「あらあ、なんだ、水城ちゃんじゃない。ずいぶんお見限りだったわねえ」

そう言ってゆさゆさと肉を揺らして歩いてきたのは、昨日撮影現場にいた、名前は確か松田《まつだ》だったか。

水城の後ろで、真雛は松田を含む光景をきょろきょろと忙《せわ》しなく見渡した。

(なんかみんな、タイプが似てるな。親戚《しんせき》の集まりか?)

店内にいる男たちは全員、判で押したようにガッチリとした体型をしていた。中にはちらほらと松田のような『肉』も交じっているが、全体には少数だ。皆、ラガーシャツやレザーパンツを身に着け、髪型は角刈り、口には髭《ひげ》を蓄えている。ほぼ全員が、兄弟のように似た格好をしている。

（こういう場所で、法事が行われることってあるんだろうか？　もしくは法事の帰りとか……）

想像を逞《たくま》しくする真雛を、水城は呼び寄せてスチール椅子《いす》の止まり木に座らせ、自分はジントニックを注文しつつバーテンに尋ねた。

「戸田さん、今日来るかな」

「たぶんね。十二時すぎると思うけど。ちょっと美少年、あんたはなに飲むの？　渋茶？」

「はっ……？」

咄嗟《とっさ》に話を振られて、真雛は戸惑った。

まず、熊《くま》のように厳《いか》つい男の口から、松田と同じ女言葉が出たことが不思議だったし、美少年呼ばわりにもなんだか棘《とげ》があったし、とどめは渋茶の一言だ。

（おれ、いちおう客のはずなのに……なんか、明らかに歓迎されてなくないか……？）

そうは思いつつも言い出せず、真雛はウーロン茶を注文した。見た目は少年でも中身は悪魔なので酒も煙草《たばこ》も薬物も一向に構わない身分のはずだが、そのどれも真雛は体質的に受けつけなかった。

（つくづくおれは、悪魔に向いてない……）

カウンターへ、どんっと乱暴に置かれたウーロン茶に、真雛は複雑な気分で口をつけた。

「あの……水城さん……」

「ん、なに？　なんか食べる？」

「いや、いい。さっきマンションで晩飯食わしてもらったし……っていうか、それより……」

真雛はぐっと身を乗り出して、水城の耳元に唇を寄せた。

「……この店、なんかおかしくないか？」

「え、どこが？　普通のオカマバーだと思うけど」

「…………」

……そうか、東京ではオカマバーは『普通』の範疇《はんちゅう》なのかと、今年で百十六歳になる真雛は初めて知った。

無闇《むやみ》に喉《のど》の渇きを覚え、またウーロン茶を一口啜《すす》った真雛の腕を、隣に座ったオカマが摑《つか》んだ。

「ちょっと、聞こえたわよ、美少年」

「そーよそーよっ、うちは至極健康的なバーよっ。ウリも乱交も店内ではやってないんだからっ」

店内では、という限定付きの表現が、真雛の耳と心に激しく突き刺さったがオカマたちはいっこうに気にせず捲《まく》したてる。

「若い子ってとにかく無神経よね〜。人の痛みってものがわからないのよ」

「ねー。世間知らずを鼻にかけるし、始末に負えないわっ」

「い、いや……」

店じゅうのオカマにいっせいに絡《から》まれて、さすがの真雛も顔色を失った。

(やっぱ北条のところにいればよかった……っていうか、教えろよ!! 北条!)

真雛は北条がここを好きでない理由を心から理解し、ここにはいない北条を逆恨みした。ぐぐっとグラスを握りしめると、さらに厳しい追及が及ぶ。

「ちょっと美少年、グラス割らないでよ、それバカラなんだから」

「顔のいいヤツは店の備品壊してもいいっていうの? やぁ〜ねぇ〜」

「顔がいいのはおれのせいじゃねえっ!」

ついに真雛は怒鳴った。

一瞬だけだが店の喧噪《けんそう》が、しんと水を打ったように静まり返る。次の瞬間、店は爆笑の渦に包まれた。

「ぶはははは、ナイス、美少年！」

「いくら美少年でも、自分でそのセリフを言うヤツって日本人にはあんまりいないわよねえ。そういえば見た目もハーフっぽいし、あんた国はどこ？」

本気で笑う時の声は、オカマも男の声に戻るのだった。真雛はスチール椅子《いす》から飛び降りた。

「帰るっ」

「ちょ、ちょっとちょっと」

水城が、慌てて真雛の腕を摑《つか》んで止めた。

「みんなちょっと毒舌なだけで、悪気はないんだよ」

「ちょっとじゃないっ！」

「はははははは悪かったってば、美少年。お詫《わ》びにこれおごったげる。焼きうどん、自信作なのよ〜。男にもこれだけは毎回誉《ほ》められるわ」

「はい、座って座って〜」

「帰る！　帰るったらかーえーる――――――――！！！！」

店じゅうの人間に取り押さえられながらも、真雛はじたばたと儚《はかな》い抵抗を示した。しばらく暴れ続けると、昨日の松田がすすっと無言でやって来て、真雛の耳をぎゅっと摑《つか》んで囁《ささや》いた。その声は、普段の松田の話し声より五オクターブほど低かった。

「おい、ガキ。いつまでもごねてんじゃねえぞ。俺の顔潰《つぶ》す気か？」

「ひ……ッ⁉」

ちぎれそうな勢いで耳を摑まれて、真雛は思わず抵抗をやめた。へたりと再び椅子《いす》に腰を落とした真雛を見て、店内はますます盛り上がった。

「やだぁ、松田ちゃんてば、お行儀悪〜い」

「うふふふやぁねぇ、冗談よぉ。あたし、ケンカとかって大ッ嫌い。この前も反戦デモに差し入れのおにぎり持ってったくらいなんだからっ」

（魔女だ……こいつら……）

本物の悪魔である真雛よりも、新宿海溝に蠢《うごめ》く生き物たちはずっと怖かった。震える真雛に、水城はそっと言った。

「女の子と美少年はだいたい、オカマには徹底的にいじめられるし、いじられるけどねぇ……」

きみはいじられすぎです、と指摘されても、真雛にはどうしていいのかわからない。とりあえず目の前の焼きうどんを食べてみると、大変に美味だった。

（顔がよくて、損したことはあっても得したことなんか一度もないのに……）

そしてこれからも、恐らく一度もないような気がして、真雛は本気でくやしかった。涙目で焼きうどんを食べる真雛の耳を、再び松田がくいっと摑《つか》む。

「ひゃっ⁉」

また脅されるのかと思い、真雛は焼きうどんをくわえたまま縮み上がる。耳元で、松田は低く聞いてきた。

「……あんた、あの社長食ったの？」

「……はっ？」

意味がわからず、真雛は目を瞬《しばたた》かせる。

松田は声を荒《あら》らげた。

「とぼけんじゃないわよっ、ゆうべ北条社長んとこに泊まったんでしょ⁉」

「なんですってえええ⁉」

再び蜂《はち》の巣をつついたような喧噪《けんそう》が始まった。水城がさりげなく自分のグラスと焼きうどんの皿を持って、席を一つずらして真雛から離れた。正確には、避難した。

「ちょっと、あんたっ、何発食ったのよ⁉」

「きぃぃいぃくやしいっ！　だからあんたみたいな子って嫌いなのよっ！　死になさい

よ、もう今生《こんじょう》に未練はないでしょ⁉」

そうは言われてもわけがわからず、真雛は怒鳴り返した。

「今生に未練なんかいっぱいあるわっ！　つーか『食った』って、なにを食ったんだよ⁉」

「…………」

「…………」

「…………」

再び、水を打ったような静寂。

真雛はいらいらと足をばたつかせた。

（なんなんだ、こいつらは⁉）

オカマたちは、今度はひそひそと内緒話を始めた。内緒話とはいっても、真雛の耳に筒抜けだったが。

「……ねえ、この子、ほんとに北条クンとこ泊まったの？　なんかの間違いじゃないい？」

「そんなことないわよ、あたしちゃんと後つけて見たものっ」

（つけたのかよ……）

松田の言葉に、真雛の帰りたい気持ちはさらに増した。

三つほど離れた椅子《いす》に座るオカマが、「は〜ぁ……」と夢見るように吐息を漏らして肘《ひじ》をついた。

「基本的にあたしSGしか食わないけど、あの若社長は別だわ〜超別〜!!」

「そーよねえ。女に生まれたからには一回くらい、あんな『王子』を食ってみたいわよねえ……」

「え、SG……？　王子？」

北条はどこかの貴人のご落胤《らくいん》なのかと真雛が考えこんでいると、さっき席をずらした水城がにゅっと首を伸ばして教えてくれた。

「SGっていうのはゲイ用語でスーパーガッチリの略ね。王子っていうのは単なる比喩《ひゆ》なので、真に受けないように」

「お、おう……」

でもこいつらの性別はどう見ても女じゃないのでは……と言うのは、やめておいた。

取ってつけたように、松田の隣のオカマが聞いた。

「そういや美少年、名前なんていうのよ？」

真雛より早く、松田が答えた。

「真雛ですってよ。本名かどうかは知らないけど」

「やだぁ、名前まであざといわね」

「AV女優っぽいわよ」

(好きにしてくれ……)

もはや言い返す気力もなく、真雛はうなだれた。

そのとき、店のドアが開いた。

「こんばんはー」

ポケットに手を突っこんで、ふらりと現れたのは真雛がずっと待ちこがれていた人物だった。その姿を見つけた途端、思わず真雛は叫んでいた。

「おせぇよ!」

「えっ、俺のこと待ってたの? きみ、昨日のモデルの子だよね?」

戸田は目を瞬《しばた》かせて、真雛をじっと見た。

「あ、いや……」

咄嗟《とっさ》に真雛は口をつぐんだ。考えてみると、戸田に怒る筋合いは一つもない。

しかし戸田はそれで気分を害するどころかにやりと笑って、うれしそうに真雛の隣に腰かけた。その仕草には高価な大型犬のような愛嬌《あいきょう》があり、どことなく優美だ。

「わーい。じゃー俺、この子の隣ね」

「けっ、ロリペド趣味ね」

「大人の女の魅力がわからないなんて、かわいそうね〜」

「いや、この子はロリペド年齢じゃないし、きみたちは女じゃなくてオカマだし〜。あ、俺のボトル出して。それと、ブラックシンデレラ」

　オカマたちの攻撃もなんなくかわし、戸田はグラスを二つ用意させた。

「はい、乾杯」

「あ、おれ、飲めな……」

「こっちはほとんどジュースみたいなもんだから、だいじょうぶでしょ。ちょっと舐《な》めてみ？」

　ブラックシンデレラというのは紅茶のカクテルで、甘い匂《にお》いがする。これなら真雛も飲めそうだ。

「うまい？」

「う、うん……」

　真雛が小さく頷《うなず》くと、戸田はうれしそうに手を差し伸べて真雛の頭を撫《な》でた。

「か〜わい〜」

「可愛《かわい》いって言うなっ」

怒りつつも真雛は、決して心《しん》から不快ではなかった。

(北条に比べれば、いいヤツだよなあ。感じいいし、にこやかだし……)

戸田に頭を撫《な》でられながら、真雛が考えていたのは北条のことだった。なぜだか昨日からずっと、真雛は北条のことばかりを考えてしまう。

(べつに……あいつのことなんか、考える必要……ないよな。関係ないんだし、天使は敵だしっ)

真雛はぐいっとブラックシンデレラを呷《あお》った。

「ちょっ、真雛くん、それ甘いけどけっこうアルコールが……」

と、たしなめる水城の声は、まったく届いていない様子だった。


「じゃあこの子、俺んちにつれてくから」

へろへろに酔っぱらった真雛の肩を抱えて、戸田は自分の車であるフェラーリに向かっていた。

同じく店を出てきた水城は、困り果てたように真雛の頰《ほお》をぺしぺしと叩《たた》いた。

「真雛くん、意識ある⁉　ちゃんと起きなきゃダメだよー！」

「は……にゃ……っ？」

しかし真雛は虚《うつ》ろな目をして、返事にはならない返事を返すのみだ。水城はますます途方に暮れた。

「戸田先生がきみのこと泊めてくれるとはおっしゃってるけど、その……きみ、ほんとにいいの？　ご迷惑をおかけするようだったら、ぼくが連れて帰るけどっ」

「へ〜きへ〜き。もともとそのつもりらったし〜」

呂律《ろれつ》の回らない口振りで、真雛はくるくると手を振ってみせる。水城はますます不安になった。

（このまま戸田先生に『お持ち帰り』されたら、確実に美味《おい》しく食べられてしまうと思うんだけど……この子は本当に、それでいいのかな……？）

しかし真雛本人が『戸田に会いたい』と言っていたのだし、自由恋愛なら他人が口を出すのはお節介《せっかい》では……と水城が迷っているうちに、真雛の体はぽんとフェラーリのサイドシートに放《ほう》りこまれた。

まだ迷っている水城は慌てた。

「と、戸田先生も、飲酒運転じゃないですかっ？」

「あ、俺は全然酔わないから平気。じゃあね〜」

戸田はにこやかにそう言って、手早くエンジンをかけて車を走り出させた。こうなってはもう、水城の手に負える状況ではない。

（そういえばあの人、あれだけ飲んだのに酒の匂《にお》いが全然しないな……）

よほど酒に強い体質なのか、と水城は怪訝《けげん》に思ったが、現状でもっと気にかかるのは真雛のことだ。

（う〜、どうしよう……ほっといてもいいのかな……？）

悩む水城の後ろにまた、オカマたちが湧《わ》いて出た。

「まぁったく、だらしないわね〜。早々にお持ち帰りされちゃって」

「いいじゃないの、持って帰ってもらえるうちが花よぉ。つーか戸田センセまで食うなんて、ほんとにムカつくわね、あの美少年。今度便所に呼び出そうかしら」

「じゃああたし、美少年の靴に画鋲《がびょう》入れるわ」

「あたしは美少年が飲むカクテルに砂入れるわぁ。うちの猫ちゃんが使用済みのヤツを」

（……この人たちはたまに、冗談のふりをして本気でやるから危ないんだよな……）

後ろでさんざめくオカマたちの奸計《かんけい》を、水城は薄ら寒い気持ちで聞いていた。

6

泥酔した真雛《まひな》を乗せて、フェラーリは都内を走り抜けた。十分か十五分ほど走ったところで、車はとある高級マンションの地下駐車場へと滑りこむ。

「んん……？」

すっかり熟睡していた真雛は、誰かに抱き上げられ運ばれるのを感じて、薄く目を開けた。

シュッとカードキーを通す音がした。北条《ほうじよう》のマンションはカードキーじゃなくて暗証番号制のオートロックだったなと、寝惚《ねぼ》け頭で真雛は思い返す。

次に真雛は、ぼふっと柔らかな綿の上に放《ほう》り出《だ》された。見回すとそこは、見たことのない寝室だった。

誰かの大きくて優しい手が、真雛の体を包んだ。火照《ほて》った体を拘束する衣服を脱がされて、真雛は心地よかった。

甘いキスが頬《ほお》に落ちた。

「んんん……北、条……？」

「こら」

キスの相手は、軽く真雛の髪を引っ張った。

「ほかの男の名前なんか呼ぶんじゃないっての」

「ん……え……？」

ほかの男、と言われて、ぼやけていた真雛の意識が徐々に覚醒《かくせい》してくる。『これは北条の手や唇でない』と自覚した瞬間に、冷や水を浴びせられたように目が覚める。

「うああっ⁉」

慌てて跳ね起きようとしたけれど、もう遅い。戸田《とだ》の手は、がっちりと真雛の体軀《たいく》をベッドに押さえつけていた。

「は、離せっ！」

「なんでよ、自分で来たくて来たんだろ？」

「そ、それは……っ！」

たしかに、そうだけれど。

真雛は言葉に詰まった。

「ひぁ……ッ⁉」

「真雛、可愛《かわい》い」

戸田は、真雛にすりすりと頬《ほお》ずりしながら下肢をぐっと密着させた。硬いモノが、真雛の太もものあたりにぐりっと当たる。

「あ……ッ！」

その感触は、ゆうべ北条としてしまったことを真雛の脳裏に蘇《よみがえ》らせる。

北条のも、ちょうどこんな感触だったと。

「あ、い、やだ……っ」

戸田に押し倒されたまま、真雛は小さく喘《あえ》いだ。

戸田を、堕落させなければいけないのに。これはまたとない好機なのに。

なぜか、どうしても真雛の心から、北条の残像が消えない。北条の声が、耳に蘇ってしまう。

「い……やだっ！」

だから、真雛は。

頭で結論を出すよりも早く、体が反応していた。

酔いは一気に冷めていった。真雛は全力で戸田を突き飛ばし、その体の下から這《は》い出《だ》した。しかしそこまでで足がもつれて、ベッドの脇《わき》に倒れこむ。

「わっ！」

転んだ真雛の足を素早く摑《つか》んで、戸田はベッドの上から真雛を見下ろした。真雛は、きつく眉根《まゆね》を寄せて戸田を見上げた。

その表情は、あからさまな拒絶を示している。

戸田はそうしてしばらく真雛を見つめると、拗《す》ねたような口調で呟《つぶや》いた。

「自分で誘っておきながら寸止めするような悪い子はー」

ふふん、と笑って、戸田は摑んだ真雛の足を引っ張ってベッドに引き戻す。

「犯しちゃおうかなあ？」

「ひ……っ⁉」

腰を摑まれ、耳元にキスされながらそう言われて、真雛は恐怖に息を呑《の》む。すると戸田は、無邪気に笑った。

「なーんて、ウソ。真雛には嫌われたくないから、無理にはしない」

また優しいキスが、真雛の頰《ほお》に降ってきた。目を眇《すが》め顔を逸《そ》らしながらそれを受けて、真雛は戸田に尋ねていた。

「ど……どうしてそんな、優しくするんだよ……っ？」

「そりゃー真雛に一目惚《ひとめぼ》れしたから」

「ウソだっ！」

真雛は即答した。

たった一目見ただけで、誰かが誰かを好きになるなんてありえない。真雛はそう信じていた。なのに、なぜだかまたその瞬間に、真雛の脳裏に北条の顔が浮かび上がる。北条の匂《にお》いや体温が、鮮やかに蘇《よみがえ》る。

するともう、北条のことしか考えられなくなって、ほかの誰かに触れられることなんて耐えられなくなる。

（え……なん……で……？）

わけのわからない不安を感じて、真雛は呆然《ぼうぜん》とした。そんな真雛に、戸田は隙《すき》あらばさわろうと手を伸ばす。

「さ、さわんなっ！」

「じゃあ写真撮らして」

戸田はベッドから下りると、部屋の隅に置いてあったカメラを手に取った。

「セックスしないかわりに、写真撮らせてよ」

「しゃ、写真……？」

本当にそれでいいのかと、真雛は訝《いぶか》しんだ。たしかに写真くらいなら、いくら撮られても構わないが、しかし。

「脱いで」

「……はっ？」

人の悪い笑みのままで戸田にそう言われ、真雛はきょとんとした。戸田は続けて言った。

「写真撮るから、脱いでって言ってんの」

「い、嫌だッ！」

真雛は即答した。

「写真って、ヌード写真かよ⁉　ありえねーよ、そんなの！」

「色気が大事、でしょ？」

「う……っ」

目の前に指先を突きつけられてそう指摘され、真雛は言葉に詰まった。たしかに、色気のないインキュバスなんて最悪だ。

しかし真雛は、ふとある矛盾に気づいた。

「……ん？　待てよ、どうしておまえが……」

「え、なに？」

「……あ、いや……」

真雛は慌てて口を閉ざした。どうしておまえが、『インキュバスには色気が大事』だなんてことを知っているのか、と真雛は聞こうとしたのだが、それでは語るに落ちることになってしまう。

（考えすぎ……だよな？　モデルには色気が大事、って言いたかったのかもしれないし……）

珍しく知恵を働かせ、真雛はそれ以上の追及を避けた。

戸田はあからさまに楽しげに、機材をちゃきちゃきと揃《そろ》えている。

「はい、じゃあ脱いで。ライト当てるから」

「うう〜ッ……」

唸《うな》りながら真雛は、仕方なしに上着を脱ぐ。ここで逃げ出して、戸田に嫌われるわけにはいかないのだ。ほかに堕落させられそうな人間のあてなどないのだから。

（まさか、全裸ってことは……あっ！　尻尾《しっぽ》どうしよう⁉︎）

ズボンを脱ぐ前に真雛は思い出し、焦《あせ》った。魔力の低い真雛には、尻尾を隠す術《すべ》がない。全裸になったら、尻尾があることがばれてしまう。

戸田は煙草《たばこ》に火を点《つ》けて口にくわえ、笑いながら真雛を促した。

「ん、どうしたの？　早く脱いでよ」

「ううう……っ」

ピンチだ、と真雛は背中に冷たい汗をかいた。

脱げば悪魔であることがばれて見世物小屋行きかもしれないし、脱がなければ戸田の不興を買って結果的に魔界で大審判さまのお稚児《ちご》にさせられるかもしれない。行くも地獄、帰るも地獄で、どちらにしろ救いはない。

ない知恵を絞って、真雛は考えついた。

「しょ、正面以外からは、絶対撮るなッ！」

「ええ〜？　モデルがカメラマンに構図指図すんの？　生意気ー」

「い、いいからっ！　正面からなら、どう撮っても構わねーから！」

「あっそう。俺、生意気好みだからいいけどね」

なんとか戸田を説き伏せて、真雛は注意深く服を脱いだ。下着を脱ぐ時だけはさすがに激しい抵抗と躊躇《ためら》いを感じる。

（おれ……なにやってんだろ……）

今度ばかりは真雛は、インキュバスに生まれついた自分の運命を呪《のろ》わずにはいられなかった。

する……と乾いた音をたてて、真雛の足から下着が抜かれていく。バシャッ、と水音のような音とともに、眩《まばゆ》いフラッシュが真雛を照らす。

「……脱いだぞっ」

全裸になると、真雛は半ば自棄《やけ》ぎみにそう言って、ベッドの上で正座した。戸田はそれを見て笑った。

「いくらなんでも正座はないでしょ。もうちょっと色っぽい格好してよ」

「知らねーよッ！」

「んーと、そうだな。まずは足、崩して」

「く……ッ」

しぶしぶと真雛は足を崩す。あまり足を開くと股間《こかん》が丸見えになってしまうので、考えた末に膝《ひざ》を立てて座る。

「チラリズムもいいなー。足の隙間《すきま》から見えちゃってる」

「お、おやじくせーぞ、てめえ！」

真雛は両手で秘部を覆った。それでも戸田は、シャッターを切るのをやめない。

「まあそーやって股間隠すなら、胸を撮ればいいだけのことだしー」

「男の胸なんか撮って楽しいのかよっ」

「うん、超楽しい。すげーピンクだし、ちょっと勃《た》ってるし」

「た、勃ってなんかねーよ！」

「じゃ、自分で触って確かめてみな？」

「う……っ」

真雛はそろりと、指で自分の乳首を探ってみた。途端に、じんと痺《しび》れにも似た感覚が湧《わ》き起《お》こってくる。

「ひゃ……っ」

「いー顔」

言われて真雛は、さっと顔を赤らめて逸《そ》らした。胸板のその部分も、ゆうべ、さんざん北条に悪戯《いたずら》されたことを思い出したからだ。

「手、どけて」

ファインダーを覗《のぞ》きこんだまま、戸田が言った。

「………」

真雛はムッとした顔のまま、答えないし手もどけない。しかし今度は、真雛が動くまで戸田も決して動かない。

「ほら、モデルさんがポーズ取ってくれないと、写真撮れないよ？」

「……かったよ……っ」

そっと、少し震える手が、股間《こかん》から離れていく。明るいライトの下に、真雛のすべてがあらわになった。真雛はぷいと横を向いたままだ。

「かわいーね。毛もほとんど生えてないし」

「……ッ……」

ますます顔を赤くして、眉《まゆ》をひそめて真雛は目を閉じる。

インキュバスのくせに性的に未熟なのは、真雛にとっては強いコンプレックスだから指摘されるとくやしい。

「ぜんぜん勃《た》ってないけど、なにも感じない？」

「感じるわけねえだろ……っ」

真雛が怒鳴ると、戸田はなにかを思いついたように悪辣《あくらつ》に微笑《ほほえ》んだ。

「ふうん。じゃあ感じさせてあげよう」

「……なに？」

「ゆうべ、北条と寝ただろ」

不意打ちのようにそう指摘され、真雛は思わず顔を上げる。

「な……っ！」

「北条にはどんなふうにされた？　もうお尻《しり》までやられちゃった？」

(な……なんでこいつが、知ってるんだよ……!?)

真雛はパニックに陥った。

そのあいだにも、戸田は言い続ける。

「フェラはした？　上の口ももう非処女？」

「や、やめろ、ばかっ！」

「当然その可愛《かわい》いヤツは舐《な》められちゃったよね。どんなふうに舐められたのか、言ってみな？」

「や……だ……っ！」

ゆうべの秘め事をすべて暴《あば》かれるような気がして、真雛は怯《おび》えた。さらに怖《おそ》ろしいのは、怯え以外のなにかが体の芯《しん》にこみ上げてきたことだ。

(嫌だ……っ……思い出したく、ない……！)

「先っぽ吸われるのと裏筋舐められるのと、真雛はどっちが好き？　それともお尻のが感じるか」

「あ……や……ッ！」

真雛は思わず、耳を塞《ふさ》いだ。

両手を耳に当てたことで下半身が丸見えになるが、構う余裕はない。ピンと勃起《ぼっき》した真雛のものが、何枚も何枚も戸田のカメラに写される。

「あ、やっと勃《た》ってきたな。先っぽ濡《ぬ》れてきた。北条とした時はどれくらい濡れた？」

「い……やだぁ……っ！」

北条の名前なんか、聞きたくない。

北条の名前だけは、真雛はどうしても聞きたくないのだ。普通でいられなくなってしまうのがわかるから。

なのに戸田は、北条のことばかりを言う。

「今は北条がいないから俺が舐《な》めてあげたいけど、それは嫌なんだろ？　もったいないけど我慢するよ。どうする？　自分でこすって出す？」

「そ、んなこと、しねえよっ……！」

「じゃあそうやって、ずっと勃てたまま艶姿《あですがた》さらしてくれるのか。サービスいいなあ、真雛は」

「……う……っ……」

そうは言われても、人前で自慰なんて真雛には思いもよらない。だから、哀れにそこを勃《た》てたまま耐えるしかない。

「先っぽの穴が涎垂《よだれた》らしてヒクヒクしてきた。つらい？　真雛」

「……ッ……!!」

歯を食いしばり、耳まで紅《あか》くして真雛はかぶりを振った。

「真雛のもっと可愛《かわい》い部分も見たいなー。たとえばゆうべ、北条の太いヤツでぐちゅぐちゅにされちゃったところとか」

「し、してな……っ！」

咄嗟《とっさ》に真雛は嘘《うそ》をついた。

が、なぜだか戸田は、とっくに見抜いているようだ。

「ウソつけ。どうせ指でも入れられて、中で感じて射精しまくったろ？　そのあとで北条の入れられて、尻の中まで精液まみれにされたくせに」

「や……っ……だ……っ……もう……やだ……ぁ……っ！」

全部本当のことだったから真雛は泣いた。

それどころか、指だけじゃなくてペニスだけでもなくて、尻尾《しっぽ》まで入れられたなんて絶対知られたくない。

そう思えば思うほど、真雛のペニスは感じて大きくなってしまう。耐えがたい疼《うず》きに身を焼かれ、真雛は大きく腰をくねらせた。それに合わせて、ペニスも揺れた。

「……んん、ふ……っ」

「か〜わい〜。もっと鳴いて。つーか鳴かせるけど」

真雛の艶姿《あですがた》を見て、戸田はひどくうれしそうだった。

やがて戸田はカメラを置くと、ゆっくりと真雛に近づいてくる。真雛ははっと顔を上げた。

「嫌だ、さわるな……っ！」

「だいじょうぶだよ、セックスはしないって約束したし」

びっくりするほど優しい笑顔でそう言って、戸田は真雛の柔らかな髪に頬《ほお》ずりした。まるで、恋人にするように。

「可愛《かわい》い、真雛。マジで超一目惚《ひとめぼ》れ」

「やだ……っ……さわんな……ッ！」

「だから大事なところにはさわんないって。知ってる？　昔、写真撮られると魂が抜かれるって言ってたじゃん？」

言いながら戸田は、カメラを拾う。

「俺に写真を撮られたヤツは、みんな魂抜かれて俺の虜《とりこ》になるんだよねー」

「ヒッ……あぁっ！」

手で覆うことも忘れていた股間《こかん》の屹立《きつりつ》をアップで撮られて、恥ずかしさに真雛は悲鳴をあげる。途端に、ビュッ……と透明な蜜《みつ》があふれ出す。

「あ、撮られると感じるんだ。天性のモデル向き？」

「ち、ちが……ぁ……っ！」

真雛はまた激しく首を振る。

こんなのは、ただ恥ずかしいだけだ。その、はずなのに。

(どうして、おれの……っ……感じちゃうんだよ……っ⁉)

「真雛の嫌がることはしたくないから、大事なココにはさわらないでいてやるよ」

つらそうに膨らんだ真雛のペニスを指さして、戸田は告げた。

「そのかわり、『恥ずかしくない場所』なら、ちょっとくらいさわってもいいよなあ？」

「……え……？　ひっ、ああアッ！」

真雛はその瞬間、なにが自分の身の上に起きたのか理解できなかった。

ただ、電流を流されたような激しい快感で頭の中が真っ白になって、気がつくと激しく射精していた。

「あアッいっやだっンあぁぁっ……！」

ぴゅくぴゅくと愛らしく震えながら、真雛のペニスは白濁を飛び散らせる。戸田がその様子を、間近でじっくりと観賞している。

「さすがに尻尾《しっぽ》は弱いみたいだな。尻尾以外も全部感じやすそうだけど」

「はぁ……ぅ……あぁぁっ……！」

そうは言われても、たった今激しい射精に浸っている真雛には理解できない。

「あぅ……ふ、あぁぁ……っ……」

ようやくすべてを出し終えても、戸田はまだ尻尾を握る手を離してはくれない。尻尾はインキュバスの究極の性感帯なのだ。そこを握られていると真雛は、いつまでたっても性感から解放されないことになる。

「やだッ……い、ァ……っ離せ、よぉ……っ！」

「だーめ。もう一回くらいイクとこ見せろよ」

戸田は指先で巧みに、真雛の尻尾をクリクリと弄《いじ》った。そうしてさらに、尻尾を引っ張って真雛のペニスに絡《から》みつける。

「ひ、ぁ……あぅっ！」

性感帯と性感帯をこすりあわされて、真雛はまた敢《あ》えなく達した。白い放物線が、ベッドから床へと飛び散った。

「はぁ……っ……ふ、あぁぁ……っ！」

「そろそろ観念したか？　小悪魔」

にやりと悪辣《あくらつ》に笑って、戸田はまた尻尾《しっぽ》を引っ張った。真雛は「んっ」と声を漏らす。

ようやく激しい快感の波が引いてきて、真雛の頭に疑惑の暗雲が立ちこめる。

戸田の手にはいまだ、真雛の尻尾がしっかりと握られている。

(尻尾……見られたのに……)

『さすがに尻尾は弱いみたいだな』

戸田はたしかにそう言った。しかも、尻尾は飾りなんかじゃなくて、皮膚からしっかりと生えているものだと見ればわかるはずだ。

なのに、驚きもしないということは。

「おまえ……っ」

「ん、なに？」

なに食わぬ顔で、戸田が笑う。

「まさか……おまえも、天使か⁉」

「さあ、どっちでしょう？」

平然ととぼけてみせて、戸田は綺麗《きれい》な顔を真雛に寄せた。

「可愛《かわい》い、真雛。すげー好き」

「やめろ、ばかっ、離せッ！」

「てか、弱みは俺が握ってんだけどー」

「ひゃ……っ！」

また尻尾《しっぽ》をこすられて、キスしそうなほど唇を寄せられて、真雛は咄嗟《とっさ》にその名を呼んでいた。

『彼』以外とキスするのだけは、どうしても嫌だった。

「やだぁ……っ……北条……っ！」

その名前が真雛の口から出た途端に、戸田の顔があからさまに曇る。が、逃げ出したくて必死な真雛は、もちろんそんなことには気がつかない。

（北条……っ……北条……っ！）

真雛は心で何度も叫ぶ。北条の名前を呼ぶたびに戸田の腕の力は増していくが、それでも呼ぶことをやめられない。

「北条っ……！」

そのとき、窓硝子《まどガラス》が破られる破壊音が響いた。

——ガシャアアアアアン！


「あ……っ？」

真雛の目が、大きく見開かれる。

何度も呼んだ名前の男が、そこにいた。

寝室の窓を蹴破《けやぶ》って、現れたのは北条だった。

「え……なん、で………」

どうして北条が、ここに現れるのか。それも、窓から。真雛は困惑の極みに陥った。北条はポケットに手を突っこんだまま、憮然《ぶぜん》と言い放った。

「帰るぞ」

まるで、帰りが遅い恋人を迎えに来たかのような口調だった。その言葉に、なぜだか真雛は心の底から安堵《あんど》する。

体が自然に、北条のほうへ吸い寄せられる。

「北条っ……！」

ようやく戸田の下から這《は》い出《だ》して、真雛は北条のいる窓へと走った。意外にも戸田は、あっさりと真雛の躰《からだ》を解放した。

真雛はそのまま、倒れこむように北条にしがみつく。

拒絶されるかもしれないと、真雛は一瞬、思った。北条はあんなに冷たいのだから、振り払われてしまうのではないかと。

「……あ……」

北条の掌《てのひら》が頭に乗せられるのを感じて、真雛の口からため息が漏れる。

拒絶されずに、優しく抱きとめられて真雛はうれしかった。躰が震えるほどに、たまらなくうれしかった。

(北条……)

戸田はそんな二人の様子を、特に動じることもなく眺めていた。そしておもむろに、片手をあげて北条に挨拶《あいさつ》する。

「おーす、大天使様」

(こいつ……っ!)

やっぱり、と真雛は北条の胸にしがみついたまま振り向いた。戸田は、北条の正体までもを知っている。未熟な真雛とは違い、北条は完璧《かんぺき》に人間に化けている。その北条の正体を知ってるのは、つまり。

「やっぱりおまえも天使かよ！」

「行くぞ」

戸田の返事を待たずに、真雛の肩を押して北条は歩き出す。真雛は慌てて床に散乱した服を拾った。

「あのさー、真雛」

ものすごい勢いで服を着る真雛に、苦笑まじりに戸田が告げた。

「そいつはやめといたほうがいいぞ。絶対、俺のほうがいい」

「余計なお世話だ！」

一言返して、真雛は北条の背中を追って出て行った。走るとまた、酔いが回ってくる。

「うう……っ」

吐き気を感じて、真雛はマンションの廊下でうずくまる。しかし、北条は待ってはくれない。

「待てよっ……」

ふらふらする躰《からだ》を奮い立たせて、真雛は北条の腕に摑《つか》まる。すると北条は、少しためらった後、真雛の躰を抱き上げた。そのまま足早に、駐車場まで運ばれる。

「うわっ⁉　お、おろせ、ばかっ！」

「このほうが早い」

たしかにふらふらの真雛が自分で歩くより早いに決まっているが、それは真雛のプライドが許さない。暴れながら真雛は聞いてみた。

「どうしてここがわかったんだよ……？」

「勘」

これ以上はないくらい簡潔に、北条は答える。真雛は拍子抜けする思いだった。

「天使様ってのはそんなことまで勘でわかるのかよ？　千里眼かよ、おまえ」

「…………」

本当は水城《みずしろ》からなにか聞いたのではないか。真雛はそう思ったが、それ以上追及するのはやめた。

それより今は、北条の腕に抱かれているのが恥ずかしい。そもそも自分から抱きついたくせに、真雛は怒った。

「さ、さわんなよ、気安く！」

「…………」

常に無表情な北条ではあったが、さすがにそれにはムッとしたらしい。眉根《まゆね》を寄せて、真雛を抱く手をぱっと離した。

「おわっ⁉」

コンクリートの廊下に落とされて、真雛はしたたかに腰を打った。

「いってぇな、なにすんだよっ！」

身勝手なことこのうえない理屈をこねる真雛を置いて、北条はさっさと駐車場を目指して歩き出す。エントランスの扉をくぐりながら、くやしまぎれに真雛は言った。

「ちゃ、ちゃんと表情あるじゃねーかよ、天使様。そういやおまえ、階級いくつだよ？」

振り向きもせず北条は答えた。

「熾天使《してんし》第一階級」

「な……ッ……⁉」

真雛の顔から血の気が引いた。

熾天使第一階級。

それは、真雛のような小悪魔など指一本で成敗されてしまう超弩級《ちょうどきゅう》のハイランクだ。

(き、聞かなきゃよかった……)

落ちこみついでに真雛は、さらに落ちこまなければならない現実を思い出した。

(戸田まで天使だったなんて……おれはいったい、どうしたらいいんだよ……？)

広い人間界で立て続けに二人もの天使に遭遇してしまった奇禍を、真雛は呪《のろ》った。これで、堕落させられそうなツテは完全に途絶えた。この先いったいどうすればいいのかと、途方に暮れた気持ちになる。

北条を追うこともやめて、駐車場の手前でがっくりと膝《ひざ》を折ってしまった真雛を、北条はふと振り返った。

「どうした」

「どうしたもこうしたもねーよ！　おれの未来は真っ暗だ！」

わめく真雛を見る北条の目が、ますます怪訝《けげん》そうな色になる。

「未来がどうかしたのか」

「おれ、今度昇級試験に落ちたら、大審判のじじいに身請けされることが決まってんだよ！　一か月以内になんとか一人でも人間を堕落させねーと、次はねえんだよっ！」

真雛は正直に告白した。すでに互いの正体がばれてしまっている現状では、隠す意味はないと思ったからだ。

すると北条は、少しだけ目を見開いて真雛の前に立った。真雛は構わず頭を抱えたままだ。

不意に北条の手が、真雛の髪をつかんだ。真雛が驚いて顔を上げると、息がかかりそうなほど間近に北条の顔がある。

「な……なに……っ」

　一瞬、キスされるのかと真雛は慌てた。慌てたけれど、なぜだか逃げようとはしなかった。戸田にキスされそうになった時はそれこそ必死で逃げたのに、今の真雛は射竦《いすく》められたかのように動けない。

（こいつ、なんか変な術とか使ってんのか⁉）

「私を」

　一人でどぎまぎしている真雛に、低く響く声で北条は言った。

「堕《お》としてみせろ。大審判くらいにはすぐなれる」

「……え？」

　意味がわからず、真雛は戸惑う。キスするんじゃなかったのかよ、という言葉は慌てて呑《の》みこんで、尋ね返す。

「なに言ってるんだよ？　おれ、悪魔なのに天使なんかとは……」

「魔展法の特例事項くらい覚えているだろう」

「と、特例って？」

「……おまえ、魔界で偏差値はいくつだったんだ？」

「う、うるさいっ！」

あきれたような口調でそう言われ、真雛はさっと目を逸《そ》らす。三十九でしたとは、口が裂けても言いたくなかった。

思い出せない真雛の代わりに、北条が諳《そら》んじて言った。

「魔展法特例第一四四条。座天使《ざてんし》以上の上級天使を堕落させたものは、大審判以上の位に命ず」

（そういえば、そんな『特例』があったような……）

法学の授業中をほとんど寝て過ごした真雛は、錆《さ》びかけた記憶の抽斗《ひきだし》を無理やり漁《あさ》った。確かそんな特例が、あったようななかったような。

しかし、座天使以上の上級天使を堕落させた例など永い魔界史上まだ一件しかない。そんな希有《けう》な事例は試験には出なかったし、真雛自身も自分の悪魔人生にはなんら関係のない特例だと信じていた。

（……え……え……？）

真雛は改めて、北条を見上げる。

天使にとって悪魔に堕落させられるということは最大の恥辱であり、また、天界からも完全追放され神籍も剝奪《はくだつ》される。

少し震える指で真雛は北条を指さした。

「堕落……してくれるのか？」

「おまえしだいだな」

短く言い捨てて、北条は踵《きびす》を返した。

「あ、でも待てよ。おまえ、おれとセックスしちゃった時点ですでに堕落してないか？」

「天界も人間界も似たようなものだ。権力を極めれば法も道理も少なからず曲げられる」

（なんだか天使のイメージがどんどん崩れていくな……）

そんな与党の政治家みたいなことを天使に言われるとは、真雛は夢にも思っていなかった。

けど、でも、しかし、と真雛は胸を高鳴らせる。

（これってすげえチャンスじゃねーか……？）

夢の二階級特進どころか、いきなり大審判クラスだ。人間界で喩《たと》えると、大学を出たての一種公務員がいきなり省庁のトップである事務次官になるようなものだ。

（いや、しかし！　なんだか話が上手すぎないか⁉）

降《ふ》って湧《わ》いた幸運というのは、概して人の心を不安にさせる。人ではないが、真雛の心はじゅうぶん人間くさかった。

駐車場にうずくまったまま、まだ悩んでいる真雛を、北条は振り返る。真雛は最大の疑問を投げかけてみた。

「なんで……そんなに親切にしてくれるんだよ？」

「………」

少し考えて北条は言った。

「暇つぶしだ」

「……そーかよ」

真雛はなぜ自分が少しだけ、ほんの少しだけだが、がっかりしているのかわからなかった。けれど、たしかに北条の答えはもっともだと思う。

熾天使《してんし》クラスなら、もうあくせくと働かなくてもいいだろうし、時間は無限に余っている。退屈していて当然の身分だ。

「……だったらおれも、容赦なく誘惑してやるよっ」

まるで自棄《やけ》をおこしたように真雛は言い捨てた。とてもこれから、男を誘惑するとは思われないような粗忽《そこつ》な口調で。

「………」

また北条が、無言で真雛を見つめる。拗《す》ねたように真雛は目を逸《そ》らす。北条の黒い眸《ひとみ》で見つめられるのは、真雛は本当に苦手だった。

いったん離れた二人の距離が、再び縮んだ。

北条がゆっくりと、歩み寄ってきたからだ。

「……あ……」

綺麗《きれい》な顔が、近づいてくる。真雛は、胸が不思議なほど高鳴るのを感じた。またキスされるのかと思い、咄嗟《とっさ》に目を閉じる。

たしかに北条は、真雛にキスするつもりだったのだろう。しかし、なにを思ったか北条は、キスする直前に思いを改め、不意に後ろへ三歩下がった。目を閉じていた真雛は、それに気づかない。

そして、真雛の目の前で火花が散った。


「い……ってぇぇぇ!?」


ガツン、と頭蓋骨《ずがいこつ》となにかがぶつかる音がした。

次に目を開けた時、真雛は駐車場の冷たいアスファルトに突っ伏していた。重いなにかが、真雛の上に乗っていた。

「てめっ、重い！　下りろぉぉっ！」

「あ、ごめん。失敗しちゃった」

少しも悪びれた様子のない、懐《なつ》かしい声がした。懐かしいとはいっても、昨日別れたばかりだが。

「とっとと下りろ、愉火琉《ゆかる》！　つーかおまえなんでこんな所をうろちょろしてんだよ⁉」

真雛の上に落ちてきたのは、昨日ビルの屋上で別れたばかりの弟、愉火琉だった。

真雛を下敷きにして無事着地した愉火琉は、湯気のたつ袋を大事に抱えてひょいと立ち上がった。

「大審判様を暗殺しようとして残念ながら失敗した帰りだよ。コンビニで肉まん買ってから魔界に戻ろうとしてたら、兄さんの姿が見えたから。はい、熱いから気をつけてね」

と、愉火琉は手にしていた袋から肉まんを一つ、差し出した。

「ふざけんなっ！」

罰として真雛は、袋ごと肉まんを奪取した。

「そんなに食べたら太るよ、兄さん。太ったら容色が衰えて、ますます人間を誘惑しにくくなるよ」

「うるせえ‼」

と言いつつも、最後の指摘を無視できない真雛は、袋を北条に投げて渡した。北条は怪訝《けげん》な顔をしてそれを受け取った。

ちなみに暗殺は魔界では合法だ。悪徳これ即《すなわ》ち美徳とされているからだ。

愉火琉は、怒り続ける真雛の後ろに影のように立っている長身の男に優雅に会釈《えしゃく》した。

「初めまして、大天使様。僕はインキュバス・第二階級の愉火琉っていいます。兄がお世話になっているみたいで、こちらとしてはいい迷惑です」

「お、おいっ」

突然ケンカを売るような愉火琉の物言いに、真雛は慌てた。が、北条の表情はまったく変わらない。ただじっと、鉱物でも眺めるような目つきでこの生意気なときわまりない美貌《びぼう》の小悪魔を見ている。

愉火琉は続けた。

「話は全部、聞いてました。けど、至極個人的な事情で邪魔はさせていただきますのでよろしくご了承ください」

「てめっ、ふざけんな！　邪魔すんなッ！」

せっかくのチャンスを潰《つぶ》されてはたまらないと、真雛は愉火琉の襟首を掴《つか》んで揺すった。すると愉火琉は、綺麗《きれい》な柳眉《りゅうび》を不機嫌そうに吊《つ》り上《あ》げた。

「兄さんってこーゆーのがタイプだったんだね。もしかして凄《すさ》まじい面食いだったの？　それともマゾ？」

「な……ッ」

北条を指さしてそう言われ、真雛は咄嗟《とっさ》に反駁《はんばく》する言葉もない。

「ち、ちがう！　ただ、大天使を堕落させるなんて、滅多にないチャンスだから……！」

「そんな大それたこと、兄さんにできるわけないだろ。からかわれてるに決まってるじゃない。ねえ？」

と、愉火琉は北条に話を振る。北条はつまらなそうに見ているだけで、特に否定も肯定もしない。

真雛は急に、不安になった。

（からかわれてる……？）

そう言われてみれば、たしかにそうとしか思えない。賢い愉火琉の言うことは、きっと正しい。それは真雛だって、わかっていた。

なのに。

（……どうして……）

自分は今、こんなに深く傷ついているのだろう。

また真雛は、不安になる。

「……そんなの、わかってるよ！」

瞳《ひとみ》をそらし、下を向いて真雛は叫んだ。

「でもおれはやるからな！　こいつを堕落させられれば、一気に大審判にまでなれるんだから！　これはおれの仕事だ！」

半人前の真雛は、愉火琉と違ってまだ一度も『仕事』をしたことがない。だからこれが、初仕事だ。

仕事だと思えば、真雛の心は傷つかない。

（そうだ、傷つく必要なんて……一コも、ねえよ！）

真雛はなんだかわけもなく、腹が立ってきた。そんな真雛を、愉火琉はしばらく、物言いたげな瞳で見つめた。

「じゃあね、兄さん。下天の期限っていうか有給が一日しか取れなかったから今日は帰るけど、また絶対に来るからね。僕のために後ろの処女は取っておいてね」

（もう遅いわボケ……！）

真雛の頰《ほお》にちゅっとキスをして、愉火琉は真雛よりもよほど立派な羽根を出して飛び去った。

深夜の駐車場に、再び真雛と北条だけが取り残される。

「………」

「帰るぞ」

黙りこくる真雛を、何事もなかったかのように北条は促した。真雛は黙って北条の車へ向かった。

（なんで……）

こんなのはただの、『チャンス』なのに。

喜びこそすれ、傷つく理由なんか一つもないはずなのに。

（どうしておれ、こんな……）

『からかわれている』と指摘されただけで、こんなにも傷ついたような気持ちになるのか。

真雛はじっと、北条の背中を見つめた。

なんだか途轍《とてつ》もなく、気まずかった。

7

戸田《とだ》の魔手から逃れたその日の正午前。

徹夜明けの眠い目をこすりながら、真雛《まひな》は北条《ほうじょう》の部屋へと忍びこんだ。

(やっぱり寝てる……)

遮光カーテンをぴっちりと閉め切って、北条はベッドに横たわっていた。その寝姿は、息をしていないんじゃないかと疑念が湧《わ》くほどに髪の毛一筋の乱れもない。

(こいつ、じつは、天使じゃなくてヴァンパイアなんじゃないか？　朝弱いし……)

真雛は足音を忍ばせて、じりじりとベッドに近づいた。北条が起きないのを確かめて、ベッドの上によじ登る。

(独り寝のくせしてダブルベッド使いやがって、贅沢《ぜいたく》なヤツだなっ)

そのダブルベッドに自分も世話になったことは棚上げして、真雛は理不尽な怒りを感じた。もちろん、本当に怒っているのは贅沢に対してなんかじゃなくて、もしかしたら過去にここで自分以外の誰かが寝たかもしれないという疑惑に対してだ。

膝《ひざ》立ちになって、真雛はベッドによじ登る。ダブルベッドの広いスペースのおかげで、密着しなくてもそばに近寄れる。

真雛はちゃんと正座して、北条の寝顔を眺め続けた。

（キレーな顔してやがんな……）

手練《てだれ》のインキュバスにもいないくらい、北条の目鼻立ちや肌や髪は綺麗《きれい》だ。これでは、天使ではなくインキュバスに間違えられても無理はない。目を閉じていてもこれだけの美《び》貌《ぼう》なのだから、目を開けたら当然、もっと凄《すさ》まじく美しい。

真雛はそろりと、北条の唇に指を伸ばした。

（誘惑してもいいって、本人が言ってたけど……）

自分も、勢いに任せて返事してしまったけれど。

（誘惑ったって、どうすれば……）

すでに一回『関係』を持ってしまったにもかかわらず、真雛にはいまだ『あの行為』が受け入れがたかった。

（だ……だって、恥ずかしいし……！）

でも気持ちいいけど、と正直な感想を思い起こして、真雛はぶるぶる首を振った。

（き、気持ちいいとか、思っちゃだめだ！　おれまで堕落してしまう……！）

悪魔のくせに妙に生真面目《きまじめ》な真雛は、自分にそう言い聞かせた。あくまでも相手を堕落させることが本願で、自分が堕落しては元も子もないのだ、と。

（……や……やる、か……）

据《す》え膳《ぜん》のように目の前で無防備に眠る北条の顔に、真雛の影が差した。真雛はそっと、北条の唇に自分の唇を寄せていく。

しかし、あと数ミリで触れあう直前というところから、どうしても動けない。

（たかが、キスじゃねーかよ……）

たかが、唇を重ねるだけだ。

（なんで、できねーんだよ……っ）

心臓が、口から飛び出しそうなほどばくばくと脈打っている。嫌な感覚ではないけれど、息苦しい。

嫌じゃないけど、嫌だ。

そんな得体の知れない感情ばかりが胸に突き上げる。

キスなんかしないで、さっさとセックスしてしまえばいい。

そう考えを改めた途端、北条の手が真雛の後頭部を摑《つか》んだ。

「……ッ……！」

ぶつかるように激しく、唇が合わさった。真雛は慌てて離れようとするが、大きな掌《てのひら》で頭を押さえつけられて動けない。

くちゅ……と舌が、真雛の口唇《こうしん》を割る。唇は冷たいのに、舌は熱いのが不思議だった。噛《か》みついてやりたいと思うのに、真雛はそれができない。

「ンッ……ふ……っ……」

ゆっくりと口腔《こうこう》をなぞってから、北条の唇はようやく離れた。真雛は、これ見よがしに袖《そで》で口元を拭《ぬぐ》った。

「……っにすんだよ……っ」

「堕《お》としに来たんだろう？」

北条の指が、真雛の頰《ほお》から顎《あご》の線をなぞる。

ぞくりと戦慄《せんりつ》に似た感覚が、真雛の下肢を襲う。

「べ、べつに……っ」

真雛はさっと目を逸《そ》らす。本当はもう期限も迫ってきているのだから、早くしなければいけないのに。

北条の顔を見ると、声を聞くと、どうしても素直になれなくなる。

（だって……こいつ、意地悪だし……！）

素直になったところで、簡単に堕落してくれるとはとても思えないし。だから真雛も、素直になれない。

が、二人ともがそのままでは、事態は一歩も進まない。

そんな膠着《こうちゃく》状態を壊したのは、北条の指先だった。

「あ……っ……！」

北条の手が、後ろから真雛の腰を掴《つか》む。そのまま倒れこむように、北条の躰《からだ》の上に乗せられる。

「は、離、せ……ひゃ……っ⁉」

けっこう固めに留めてあるジーンズのボタンを、北条は器用に片手で外した。真雛の下着の中に、北条の冷たい指が忍びこんでくる。

「んっ……！」

優しくつままれて、真雛は息をつめた。触れられている部分から、じわりと微熱のような快感が押し寄せる。自分で触れても、ほかの誰かに触れられても絶対に感じないような甘い熱が。

「あ……っ」

飼い主に喉《のど》を撫《な》でられた猫のように、真雛の躰《からだ》から力が抜ける。そのまま北条の胸に倒れこんだ真雛を、北条は優しく撫《な》でた。

「やめろ……っ」

優しくされたくなんか、ない。

優しくされると、どうしていいのかわからなくなる。

抗《あらが》い続ける真雛の両腕を摑《つか》み、北条はベッドに組み敷いた。

「ふ……あっ……！」

真雛の躰が、びくりと跳ねた。引きちぎるようにはだけられたシャツから晒《さら》された胸板に、北条の唇が落ちる。

硬く勃《た》った乳首を甘嚙《あまが》みされて、真雛はもがいた。

「や……嫌、だっ……て……っ」

堕落させに来たのに、このままでは自分が堕落させられてしまう。それも、天使に。

(そんなの、絶対嫌だ……っ！)

「おれが……やるから、離せっ！」

北条の髪を摑んで、真雛は怒鳴った。

「おれの躰にはなんにもするな！　おれがおまえに……っ……する、から、だから

「………！」

真雛の言葉に、ようやく北条は顔を離す。が、その目はなんだか猜疑的《さいぎてき》だった。

「なんだよ、おれにはできないとでも言うのかよっ」

まったくそのとおりだ、と北条の目は語っている。真雛はますます怒った。

「できるに決まってんだろ、セックスくらいっ！　おれはインキュバスなんだから!!」

北条の胸板を両手で押して、真雛はまた体勢を逆にした。自分がされたのと同じように、北条の胸板に顔を寄せる。

「く……っ」

そろりと緩慢な動作で、唇と舌を滑らせていく。しかし、北条の表情に変化は見られない。

（……の野郎っ）

くやしくなった真雛は、勢いに任せて北条のズボンを下ろした。北条の『それ』を目にすると、昨日奥までねじこまれたことが思い起こされて、真雛は一瞬たまらない気持ちになる。

それでも目をきつく閉じて、真雛は太い屹立《きつりつ》に口をつけた。どくんと脈打つ感触が、唇

に伝わってくる。

「ンッ……」

両手で根元を支え、小さく舌先を出して真雛はちろちろと先っぽを舐《な》める。それでも北条の顔は変わらないし、声も出さない。

真雛は思い切って口を開き、陰茎を口に含んだ。

「ンン……ッ」

北条が自分にしたように、自分も北条のものを根元まで含んで吸ってやろうとしたのだが、真雛の口には半分までしか入らなかった。

(苦、し……っ)

あまりの大きさに、真雛は噎《む》せそうになる。こんな大きいものを躰《からだ》の中に入れられたこと自体が信じられない気がした。

(でも……苦しくは、なかったな……)

痛かったのは最初のほんの少しだけで、あとはただ、気が狂いそうなほど気持ちがよくて。

(あんな……こと、されたのに……っ)

あんな箇所に、根元まで入れられて奥まで突き上げられて、音がするほど掻《か》き回《まわ》されて。最後には、アヌスの隙間《すきま》から溢《あふ》れ出《だ》すほどたくさん射精された。そのときのことを如実に思い出した途端に、今まで半分くらいしか勃《た》ってなかった真雛のペニスが膨らんだ。熟しきらないプラムのように、淡い色のまま透明な雫《しずく》を漏らし始めた。

「ふぁっ……」

北条のものにしがみついたまま、真雛は緩く腰を捩《よじ》った。隠そうとしても隠しきれない快楽の印が、露を含んでかすかに揺れる。

真雛は、知らずに太ももをこすり合わせる。

今までいちおうはされるままになっていた北条が、上体を起こした。

「後ろ」

「……えっ？」

唐突に言われて、真雛はきょとんと顔を上げる。

「後ろを向け」

「な……なんで、だよ？」

怪訝《けげん》に思って聞いてみても、北条は教えてはくれない。ただ、抗《あらが》いがたい視線で後ろを向くようにだけ示している。

「…………」

少しの躊躇《ためら》いの後、真雛はそろりと後ろを向いた。

心のどこかに、たしかに期待はあったと真雛自身も思う。

淫《みだ》らな、期待が。

「あ……っ⁉」

北条の胴を跨《また》いだまま、後ろを向いた途端に腰を両手で摑《つか》まれた。引きずるように真雛の下肢が導かれた場所は、北条の口元だ。

熱い吐息がそこにかかるのを感じて、真雛は喘《あえ》いだ。

「い、やだっ……！」

太ももの内側に、北条の頰《ほお》の感触があった。そうして、実る果実のように垂れ下がった真雛の先端には、北条の唇が。

チュッ……と秘めやかな音をたてて吸われ、真雛は歯を食いしばる。

「やだ……やめろよっ、嫌、だぁ……！」

ねっとりと熱い舌が、張り詰めた裏筋の上を這《は》い回《まわ》る。

這い上がってきた舌はそのまま真雛の小さなマシュマロに絡《から》みつき、芯《しん》を転がすようにコリコリと吸った。そのさらに上部では、淡い色をしたきつい窄《すぼ》まりが持ち主の意思とは裏腹に物欲しげにヒクついている。

「く、ふあぁぁ……っ！」

少女のような儚《はかな》い声をあげて、真雛は上体を突っ伏した。感じすぎて涙が出た。

「やだ……っ……それ、やだぁ……っ！」

北条の陰茎にしがみついて、真雛はいやいやをするように首を振る。しゃぶられている部分が熱くて、蕩《とろ》けそうで、そのまま我を忘れて腰を振ってしまいそうになる。

「出……ちゃ……アァッ⁉」

ぬるっ……ととんでもない箇所に、柔らかく蠢《うごめ》くなにかの侵入があった。昨日北条のもので貫かれ、『女』にされた箇所に舌を入れられたのだと気づいて、真雛はますます激しく涙を零《こぼ》す。

「や……だよっ、そんな……っ……変、だよぉ……っ！」

「口を離すな」

「ひあっ⁉」

たった今まで舌で嬲《なぶ》られていた孔《あな》を指で拡《ひろ》げられて、真雛はびくんと首を反らす。

「ちゃんと銜《くわ》えて、舌を使え」

「ンッ……ン……」

酩酊《めいてい》したような瞳《ひとみ》で真雛は、言われたとおりに再び自らの口を北条のもので塞《ふさ》いだ。躰《からだ》が感じすぎているせいで、さっきよりも大胆になれた。無理して奥までは含まずに、先端だけを含んでクチュクチュと吸い上げる。

「……さっきよりはましだな」

「ひぃ……っぅ……っ！」

飼い犬を誉《ほ》めるようにそう言われ、真雛の躰《からだ》にもご褒美《ほうび》が与えられた。

射精口を指先で擽《くすぐ》られながら拡《ひろ》げられた孔《あな》の中に息を吹きこまれて、真雛は大きく腰を振り、達した。

「あっ……や、だっ……出る……っ……出ちゃ……ッ……ンあぁぁっ！」

犬のように這《は》った格好で、真雛はミルクを搾られた。北条の指を尻《しり》に入れられたまま、真雛は激しく白濁を漏らす。

「ひっ……吸……うの、やだぁ……っ！」

ただ射精させるだけでなく、北条は真雛の亀頭《きとう》を吸いながら、真雛のアヌスを弄《いじ》り回《まわ》した。止《と》め処《ど》なく溢《あふ》れる精液が、時折アヌスに塗りこまれてクチュクチュと淫猥《いんわい》な音を奏《かな》でる。

「ふぁ……あぁぁ……ッ……」

真雛はそのままぐったりと、北条の上にへたりこんだ。真雛の躰は北条の手管で、完全に蕩《とろ》けきってしまっていた。

「あ……っ」

だから再び腕を取られて、今度は北条の厚い胸板の下で四《よ》つん這《ば》いに這わされても、真雛は抗《あらが》うどころかぺたりと胸をシーツにつけて腰を高く掲げるだけだった。

「……真雛」

「あ……っ？」

初めて北条に、名前を呼ばれた。

その低く甘く響く声は、真雛の心のどこかを壊す。

精液を出したばかりの真雛のペニスが、触れられてもいないのにまたひくりと震えた。

真雛はうっとりと目を閉じた。

「あぁうぅっ……！」

ずぐ……と硬い果肉が割られて、さらに硬い牡《おす》の証《あかし》が入ってくる。しかし、果肉が硬いのはほんの入り口だけで、内部は熱く溶けていた。

「ひぃ……っく……っ熱、い……っ！」

ずぶずぶと蛇が這うような早さでゆっくりと、北条のものが挿入されていく。真雛は全身を、瘧《おこり》のように震わせた。

「感じるか？　インキュバス」

「ンッ……ンッ……」

問われて真雛は激しく首を振った。ふと、後ろから覆《おお》い被《かぶ》さる北条の唇が、真雛の耳朶《じだ》を噛《か》んだ。

「尻尾《しっぽ》よりも感じさせてやる」

「え……っ……ひ、ぁぁっ……!?」

突然、根元までぴっちりと嵌《は》めこまれていた北条の陰茎が、なにかを探るようにぐっと強く押しつけられ、緩く旋回させられた。真雛の禁忌の孔《あな》の中で、コリッ……と固いなにかが北条の太い先端で転がされる。

「アァッやっ、やあぁっ！」

途端に真雛は、失禁したようにビュッと熱い精液をペニスから噴いた。それくらい強烈な刺激だったのだ。

「い、やだっ……な、に、やあぁっ……！」

「前立腺《ぜんりつせん》。そんなことも知らないのか」

こともなげに北条は言うが、真雛はもちろん知らなかった。

そんなところにペニスを入れられること自体が信じられないのに、さらに中で感じてしまうなんて、と。

「あアッ……や、だ……それ……っ……中、やだあぁ……っ！」

完璧《かんぺき》に、女にされる。

そんな恐怖に、真雛は怯《おび》えた。

性器を弄《いじ》られて感じるだけならまだしも、孔《あな》にほかの男のものを入れられて感じたりしてしまったら、本当に男でなくなってしまう。

真雛はそれが怖い。

さらに真雛にとってつらいのは、さっきから尻尾《しっぽ》が、北条の腹と真雛自身の背中に挟まれて、淫液《いんえき》に濡《ぬ》れてぬちゅくちゅとこすられていることだった。尻尾はインキュバスの最大の性感帯だから、ペニスが二本あるようなものだ。

「ひ、く……っ……ひ……ンンッ……！」

「……ああ、尻尾は邪魔か」

初めて気がついたように北条が呟《つぶや》く。

「次は尻尾なしでももっと気持ちよくしてやる」

「い、やだ……っ……もぉ……やああ……っ！」

北条は、この前初めてした時のようには真雛に入れたまま突き上げてこなかった。ただ切っ先を真雛の孔《あな》の中の一番感じる膨らみに当てて、コリコリと執拗《しつよう》に嬲《なぶ》るだけだ。そのため真雛の哀れなアヌスは、すっかり欲求不満になって北条の陰茎に吸い付いている。

「嫌だよぉぉ……っ！」

自分のもっとも恥ずかしい孔の中の肉壁が、北条の陰茎にぴったりと密着しているのを感じて真雛は泣《な》き喘《あえ》ぐ。自分の意思とは無関係に蠢《うごめ》いてしまうその孔は、さっき舌で舐《な》めて感じた北条の形を明瞭《めいりょう》に感じてしまう。

「……出すぞ」

「アァッ……うっ！」

犬のように片足を大きく持ち上げられ、斜めから何度か突き上げられて、真雛は今日三度目の射精を迎えた。

「あァッ……ヒッ、ふあぁぁ……ッ！」

北条の精液が、どっとアヌスに流れこむ。北条の力が、真雛を満たす。

真雛は健気《けなげ》に腰を振り、夢中でそれを躰《からだ》じゅうで味わっていた。


「うぅ～……ッ」

北条の上に抱きかかえられたまま、真雛は獣のように歯嚙《はが》みしていた。

（堕《お》とすつもりだったのに……！）

堕とすつもりが堕とされて、結局いいように啼《な》かされてしまった。これではまったく意味がない。

（こいつのこいつのこいつのせいで……！）

ぎっ、ときつい視線で、真雛は北条を睨《ね》めつける。北条はまったく意にも介さず吸っていた煙草《たばこ》をもみ消すと、真雛を押しのけて立ち上がった。ベッドの隅に転がされ、真雛はますます吠《ほ》えた。

「どこ行くんだよッ⁉」

「仕事」

「おれも行く！」

「必要ない」

「必要なくても行く！」

「…………」

北条は面倒くさそうにちらりと真雛を一瞥《いちべつ》した。が、それ以上は構わずに、さっさとスーツに着替えて出て行ってしまう。

真雛も急いで服を着て、その後を追った。

(と、とにかく絶対、いっしょにいなけりゃ意味ねーっていうか進まねーし!!)

いっしょにいたい、などとは、口が裂けても言えないし認められない真雛だった。

リビングに行くと、ちょうど水城《みずしろ》が来たところだった。

「おはようございます、社長。真雛くんも……って、なんでそんなにボロボロなの?」

「う……っ」

ほんの数分で完璧《かんぺき》に身支度を整えた北条とは対照的に、真雛の姿はボロボロだった。水城はそんな真雛の髪を、哀れみの目で見ながら梳《と》かしてやる。

「これからモデル稼業で生きていくんなら、どんな時でも小綺麗《こぎれい》にしなきゃダメだよ」

「う、うん……」

水城に言われると、意固地な真雛もなんとなく素直な気持ちになってしまう。

(たしかにおれよりも、北条のほうがよっぽどモデルっぽいよな……)

背も高いし、いつも綺麗な格好をしているし……と思うと、ますます真雛は落ちこんだ。

(おれなんかモデルどころか、性的魅力で人間を堕落させるのが仕事のインキュバスなのに……)

モデルどころか、天使にも負けている。
そう思うと、真雛はまた少し泣けてきた。

8

結局その日、真雛《まひな》は北条《ほうじょう》を追いかけ回しただけで一日を終えた。インキュバス的に、なんの実りもない一日だった。

「うぅ～……」

真雛は、うらぶれたサラリーマンのように『club　夜の蝶《ちょう》』のカウンターに突っ伏して呻《うめ》いた。

なにもかもが、上手くいかないような気がして憂鬱《ゆううつ》だった。このままのペースでは、北条を堕落させられる日など永遠に来ない気がした。

期限はたったの一か月しかないのに。

やけくそまじりに真雛はカウンターを叩《たた》いた。

「こんなとこで飲んでたって北条が来るわけでもねえし！」

「なによ、のろけ？　ぶっ殺すわよ、美少年」

カウンターの中にいたママが、真雛の目の前にさくっとフォークを刺した。隣に座る水《み》城《しろ》が、慌ててフォローする。

「ま、まあまあ。真雛くんもいつまでも拗《す》ねてないで、早く食べなよ、冷めるから」

真雛と水城の二人がここになにをしに来たかというと、夕飯を食べに来たのだった。北条はクライアントとの打ち合わせで食事をすると言って、怒る真雛を置いてさっさと出かけた。真雛が拗ねているのは、そのせいだ。それでなくとも北条は、この『夜の蝶』を鬼門のように避けているらしいが。

(いっしょにいないと、ダメなのに……)

真雛はしゅんとして、パスタを啜《すす》った。

いっしょにいないと、堕落させられないから。

チャンスが減ってしまうから。

いちいち自分にそう言い訳しながら食べる食事は、ひどくしょっぱく感じる。

「いいわねえ、若い子は。あたしも恋がしたいわぁ」

水城の隣に座る松田《まつだ》が、カウンターに肘《ひじ》をつき「ほぅっ……」と夢見がちなため息をついた。真雛はじろりと松田を睨《にら》む。

「ちっともよくねーよっ、こっちはそれどころじゃねーんだよっ」

「あたし最近ユーミンが再ブームなのぉ。いいわよねえユーミン、どうしてあんなに女心がわかるのかしらぁ」

真雛を無視して夢を見続ける松田に、「そりゃあ本物の女だからだろうよ」と毒づきたい気持ち満載の真雛だったが、怖いので言わないでおいた。松田の毒気に当てられたのか、店じゅうのオカマたちがいっせいに紫色のオーラを発し始める。

「あたしはユーミンより中島《なかじま》みゆきだわ。道に倒れて誰かの名を呼び続けてみたいわぁ」

みゆき派のオカマの名は一《いち》ノ宮麗華《みやれいか》（自称）といい、身長百八十七センチ、体重九十二キロ、極真空手三段の元自衛官という輝かしい経歴を持っていた。そんな一ノ宮麗華に道に倒れて名前を呼ばれ続けた場合、呼ぶべきなのは警察だろうか、それとも自衛隊だろうかと真雛は悩んだ。

別のオカマが続けて叫んだ。

「あたしは断然、聖子《せいこ》ちゃんよ！　あんなステキなママになりたいわっ！」

……もうなにも言うまい、考えまい、と真雛は思考と心を閉ざした。

穏和なのかなにも考えていないのか、今ひとつ判然としない水城が、不思議そうに尋ねた。

「参考までにお聞きしたいのですが、皆さん美少年はお嫌いですか？　一般的に、この真雛くんなんかは広告媒体に一番使いやすい、綺麗《きれい》な顔なんですけれど」

　ぐきっと顎《あご》を摑《つか》まれて、みんなのほうを向かされて真雛は顔を引きつらせる。真雛の顔に、店じゅうのオカマたちの二十四の瞳《ひとみ》が向けられた。

　やがて松田が、「へっ」と吐き捨てるように息を吐いて首を振った。

「だめね。こんな無難な美形、ぜんぜんだめ」

「一般的にはもてるでしょうけど、あたしらに聞くのは間違ってるわよ。あたしらの世界じゃあ、一番もてるのはヒゲ・クマ・SGだから」

「そうよ、萌《も》えっていうのは究極のところ記号なのよ！　眼鏡とかハゲとかデブとか！」

「そ、それも記号なんですか？」

　世間一般とはあまりにも違いすぎる『常識』に、さすがの水城も引きぎみに聞いた。

「眼鏡はともかく、普通は記号っていうと、妹とか巫女《みこ》とかメイドとか……」

「あんたはどこの秋葉《あきば》くんよっ！　やっぱり男は自民党系よっ！」

「あんた確か反戦デモに参加したって言ってなかった？」

「それとこれとは別ッ！」

　……このおっさんたち、絶対幸せになれなさそうだなと真雛はしんみりと思った。が、現時点で本人たちが自分を不幸だとは思っていなさそうなので、それはそれでいいのかな、とも思った。

（おれはめちゃくちゃ不幸だけどな……）

このまま北条を堕落させることができなかったら、大審判という要職に就いている爺《じい》さんの慰みものに決定だ。ここにいる彼らならば喜んで慰まれるかもしれないが、あいにく大審判様のお好みは見た目十六歳くらいの美少年らしい。需要と供給はなかなか一致しないものだ。

悲しみに浸る真雛を差し置き、オカマたちはまだ恋愛談義に花を咲かせている。松田が、水城に話を振った。

「北条社長みたいなタイプは、ブランドのバッグみたいなもんね。人に見せびらかす用でしょ。実用性は限りなく低いのよ。だってあの男、超冷たいじゃない」

「そんなことはないですよ、けっこう優しいところもあるんですよ、ただ感情表現が下手なだけで」

「見上げた心がけの従業員ねえ。うちに欲しいわ」

「はは、ありがとうございます。ちなみに真雛くんはどうですか？」

「この子は単なるお邪魔虫よ。逝《い》ってよしだわ」

「そーかよ……」

オカマに嫌われたってべつに悲しくも悔しくもない真雛は、ぐったりと返事した。すると隣の別のオカマが、真雛の頭を箸《はし》でつつきながら言った。

「ま、でもあんたや北条社長ぐらいに傑出しちゃうと、記号とはちょっと言いにくいわね。心配しなくてもその顔で食っていけるわよ」

真雛が心配しているのは食《く》い扶持《ぶち》ではなく魔界の試験についてなのだが、もちろんそんなことは口には出せない。水城が、「よしよし」と箸でつつかれた真雛の頭を撫《な》でた。

「オカマさんは他人の相談に乗るのが上手いですからねえ。でもそういうタイプって、概して自分の男運は悪いっていうか……」

「水城ちゃん、なにか言った？」

「え、いや、特になにも……」

思わず正直な意見を口にしかけた水城は、ごほごほとわざとらしい咳《せき》をした。

（……しかし……それにしてもなんとか、北条を堕《お》とす方法はないもんだろーか……）

なにも思いつかない真雛は、話の接《つ》ぎ穂《ほ》を探して水城に聞いてみた。

「そういやあのマンション、すげー高そうだよな。北条ってそんなに金持ちなのか？」

「ばっかねえ、あんた、新聞の長者番付見てないの？」

水城の代わりに松田が口を挟んだが、もちろん真雛は新聞なんか見ていない。水城が、微苦笑して言った。

「あれはそんなに高くないよ、競売で落とした物件だから」

「高くないって、具体的にいくらなんだよ？」

「そーゆーことを聞くんじゃないわよ、この子は」

松田がぺちっと真雛を叩《たた》いたが、水城は別段、気にしている様子はなかった。

「いや、競売物件は値段も官報に出ちゃってるからいいよ、それくらい。一億八千万ちょっとかな」

「──……ッ……！」

真雛はカウンターから顔を上げ、絶句した。

「たけーよ、かなり！」

「え、港《みなと》区でマンション一棟が一億八千って言ったら、超格安だよ？　普通は施工費だけで最低十億は……」

と言いかけて、突然水城は口をつぐんだ。

「なんだよ？」

「ん、ああ、いや、安く手に入ってよかったな〜って……」

突然お茶を濁した水城の態度を見て、店じゅうのオカマたちがニヤニヤしてる。なんだか腹に含むところがありそうな顔だ。

　松田がぽつりと真雛に聞いた。

「あんた、北条社長の部屋に泊まったことある？」

「え……ッ⁉」

　意味深な質問に、真雛はかっと紅《あか》くなった。北条の部屋なら、人間界に降り立って以来ほぼ常宿状態になっているが、後ろめたいことがありすぎる真雛は思わず嘘《うそ》をついた。

「ね、ねえよ、そんなのっ！」

「ふうん、じゃあぜひ一回泊まってごらんなさい」

「そうね〜、そしてぜひあたしたちに感想を聞かせてちょうだい」

「北条様の夜のお具合もぜひ聞きたいわぁ〜」

「な、なんだよ？　なにがあるって言うんだよ？」

　真雛は何度も水城に聞いたが、水城は「いやぁ……」と曖昧《あいまい》に笑うばかりで答えてくれない。結局釈然としないまま、二人は店をあとにしてマンションへと戻った。

　マンションに戻ると真雛は、真っ先に北条の部屋へ向かった。

（もう帰ってるかな……？）

ドキドキしながらドアを開けると、玄関に北条の靴があるのが目に入る。真雛はつい、うれしくなった。蹴飛《けと》ばすように靴を脱いで、真雛は部屋に飛びこんだ。

「ただいまっ」

「………」

真雛が元気に挨拶《あいさつ》すると、北条は無言で小さく頷《うなず》いた。返事というか、反応があるだけ彼にしてはだいぶマシな扱いだ。

北条はまたいつものように、リビングのライティングデスクに向かっていた。なにやら仕事をしているらしい。

（また仕事かよ、この仕事虫……）

北条が部屋にいてうれしいという気持ちが、少しだけ萎《しぼ》むのを真雛は感じた。

（仕事なら、しょうがない……けど……）

本当は、邪魔したらいけないとわかってはいるのだけれど。

（……でもおれは、インキュバスだし！　人の仕事の邪魔して堕落させるのも仕事だし！）

と、勝手に言い訳して真雛は北条の背中に飛びついた。

「なに時間外まで仕事してんだよっ？」

「…………」

やはり北条は答えない。が、真雛はめげない。

「そういえばさっき、『夜の蝶』で変な話聞いたぞ。おまえの部屋に泊まってみろとかなんとか」

「ああ」

北条は、ノートパソコンの画面から目を離さずに言った。

「泊まっても今はなにも起きない。結界を張ったから」

「……は？」

意味がわからず、真雛は北条の背中に蟬《せみ》のように張りついたまま首を傾《かし》げる。

「なんだよ、結界って？」

真雛の質問に、北条は黙って部屋の隅を指さすことで答えた。真雛はひょいと顔を伸ばし、指し示されたカーテンを捲《めく》って窓際《まどぎわ》を見た。

そこには変色した血のような茶色で書かれた五芒星《ごぼうせい》と、和紙の上にこんもりと盛られた塩の塊《かたまり》があった。

「なんだ、これ？　五芒星と盛り塩？　おまえ、天使なのに他宗教の儀式やっちゃまずくないか？」

「背に腹は代えられない」

やはりこともなげに言って、北条は真雛のいるカーテンのそばへ近づいた。そして、真雛の目の前でおもむろに盛り塩を蹴《け》り飛《と》ばした。

「なにす……う、わっ⁉」

途端に、部屋が大きく傾《かし》いだ。数少ない家具がすべて、宙に浮いて四方八方に飛び跳ねる。

「ななに……ッ……なんだ、これ――――⁉」

真雛をめがけて飛んできた机を、北条は難なく叩《たた》き落《お》とした。そして、飛んでくる家具をすべて落としつつ、蹴った盛り塩を手早く元に戻す。

途端に『異常現象』はぴたりとやんだ。

「な……な、な……」

真雛は床にへたりこんだまま、腰を抜かしていた。酸欠の金魚のように口をぱくぱくさせる真雛に、北条は至極簡潔に告げた。

「ポルターガイスト」

「ひッ……」

「工事で三人死んだ」

「ひぃぃ……ッ……！」

自身が悪魔であるにもかかわらず、真雛は幽霊は大嫌いだ。

理由はもちろん、怖いからだ。

がくがく震えながらカーテンにくるまってしまった真雛を置いて、北条は手早く散乱した家具を直し、机に向かい直した。

「あっ、ま、待てっ、おれから離れていくなっ！　おれのそばにいろっ！」

さっきまでは（自覚はなくとも）ただそばにいたくて北条にへばりついていた真雛だが、今は純粋に一人でいるのが怖くてコアラのようにへばりつく。

コアラを腕につけたまま、北条は淡々と説明した。

「あのカーテンの裏にある五芒星《ごぼうせい》が結界の本尊というか、鍵《かぎ》だ。壊すなよ」

「頼まれても壊さねーよ！」

そのとき、玄関から激しい音がした。またしてもポルターガイストかと、真雛は「ひっ」と首を竦《すく》める。

しかし、扉を蹴破《けやぶ》るような勢いで飛びこんできたのは、見慣れた金髪ののんきな男だった。

「社長っ、すごい音したけどまたアレですかっ⁉」

「……水城さん、やっぱり知ってたのか」

恨みがましい目で真雛が睨《にら》むと、水城はぽりぽりと頭を掻《か》いた。

「あ、いや、べつに隠してたわけじゃ……ほら、社長が結界張ってくれてるから、今はもう平気だしね？」

「つーかあんたら金持ちなんだろ⁉　なんでこんなホーンテッドハウスに住んでんだよッ！」

真雛がそう指摘すると、水城はしょんぼりうつむいた。

「いや〜うち不動産もやってるけど、このマンションだけが我が社の不良債権なんだよね〜。さすがに売れないし。しょうがないから経営陣として責任取って住んでるの。でも本当は引っ越したいの……」

「そりゃあ引っ越したいだろうよ……つーか引っ越せよ……」

「ぼくも何度もそう言ったんだけど、社長が聞いてくれないんだよ〜。真雛くんからも説得してよ〜」

「って言ってるけど、どーなんだよ、北条っ」

うなだれた水城を指さして真雛が責めると、やはり北条はパソコンから目を離さずに言った。

「地場がいい」

「どこが」

「ですか」

真雛と水城の声が重なった。ホーンテッドハウスの『地場』がいいなどと言われて、納得できるはずもない。

(このマンションのほかの部屋に、誰も住人がいないわけがよーやくわかったわ……)

しんみりと納得する真雛のそばにへたりと座って、水城はまた小声で呟《つぶや》いた。

「社長にとっては幽霊よりも、夜の蝶《ちょう》たちのほうが怖いんだとぼくは思う」

「そ、そうか……」

それには真雛も激しく同意できた。

が、だからといってこのマンションが怖くなったかというと、決してそんなことはない。それとこれとは別だ。

「おいっ、よくわかんねーけどおまえ、天使なのに陰陽師《おんみょうじ》? とかなんだろ? 結界張るとかじゃなくて、根底からお祓《はら》いできねーのかよ⁉」

北条を堕落させるためには、当然北条にくっついていなければならないのだ。真雛にとって、この『現象』は、大きな障害になってしまう。理由は前述のとおり、真雛は幽霊が怖いからだ。

　すると北条は、面倒くさそうに答えた。

「結界を張って抑《おさ》えてあるんだからいいだろう。どうせ言われるまで気づいてもいなかったくせに」

「知っちまったら落ち着かねーんだよっ！　とにかく根底から祓《はら》え！　清めろ！　なんとかしろおお！」

「…………」

　悪魔のくせにお祓いを要求してくる真雛を、北条はまた、珍獣を眺める目つきで見つめた。今度は水城も特には止めない。

「そうですよ、社長～。ぼくもこの部屋怖いです。お祓いできるんだったらとっととして、売り払って引っ越しましょうよ」

「…………」

　二人合わせてのおねだり攻撃に、北条はいささかうんざりした顔をした後、おもむろに答えた。

「……あのな」

しかし、その言葉がすべて語られることはなかった。北条が口を開いた途端に、結界が張ってあるカーテンの後ろの窓が激しい勢いで割れたのだ。

ガッシャアァアンッ、という破壊音に続いて、なにかが床に転がる音がした。真雛はますます強く北条にしがみつく。

「わあっ⁉」

「ええっ⁉」

真雛と水城の声が、また重なった。一瞬きつく目を閉じて、次にようやく瞼《まぶた》を開くと、真雛の目の前にもう一つ、見慣れた顔が増えていた。

「ゆ……愉火琉《ゆかる》⁉」

「いったぁ〜」

硝子《ガラス》の破片にまみれ蛍光灯に照らされて、キラキラと光っているのは愉火琉だった。愉火琉は髪についた破片をぱらぱらと手で払うと、すぐにきちんと立ち上がって挨拶《あいさつ》した。

「こんばんは、兄さん」

「こんばんはじゃねえッ！　てめえいったいどこから入ってきてんだよ⁉」

「え、窓だけど」

十階の硝子をぶち破って入ってきたという程度は、愉火琉にとってはまだ常識の範囲なのだろう。

実際愉火琉はかすり傷ひとつ負ってはおらず、羽根も尾もしっかりと消していた。

「え、え、なに？　真雛くんの、弟さん？」

今ひとつどころかまったく事情が読めていないであろう水城が、おろおろと二人の顔を見比べた。が、愉火琉の顔を見た途端に水城は芸能マネージャーという職業のスイッチが入ってしまったようで、突如勧誘を始めた。

「きみ、真雛くんとは似てないけど美形だね。うちで働かない？」

「ありがとうございます」

「ありがとうじゃないっ！」

丁寧に頭を下げた愉火琉の頭を、真雛は力一杯叩《たた》いた。

「へ、ヘリコプターか？　それとも、飛行機かっ？　あ、パラシュートだな⁉　それで着地失敗したんだよなっ⁉」

とにかく十階の窓から飛びこんできた『事情』を、ない知恵を絞って必死に考え出そうとする兄心をまったく斟酌《しんしゃく》せず、愉火琉は極めて正直かつ簡潔に説明した。

「ううん。大審判様を暗殺しようとして、また失敗して吹っ飛ばされたの。さすがに手強《てごわ》いや」

（……バカ悪魔あああっ!!）

自分のことは棚に上げて、真雛は心で愉火琉に叫んだ。

もっとも愉火琉は、正体がばれたらその人間のことを消してしまうつもりだから、はなから警戒もしていないのだろうが。

愉火琉に腹立つあまり、真雛は矛先を北条に向けた。

「おい、北条！　おまえも家主としてこいつに言うべきことはないのかっ!?　窓硝子《まどガラス》弁償しろとか！」

しかし北条はなにやら腰を屈《かが》め、砕け散った窓硝子のあたりを検分している。怪訝《けげん》に思った真雛と水城が、同じく体を屈めた。

「北条？」

「社長？」

見ると床に、塩が散乱していた。真雛はまた、ぽかりと愉火琉の頭を殴った。

「おまえが飛びこんできたせーで、結界壊れたろ、バカ！」

「痛いなあ。直せばいいんだろ、直せば」

「そういう問題じゃ……って、あれ？　そういや結界壊れたのにポルターガイスト起きねーな」

真雛はきょろきょろと部屋を見渡した。さっきの喧噪《けんそう》が嘘《うそ》のように、部屋は静かなままだ。

が、安心するのは早計だった。床に膝《ひざ》をついて検分していた北条が、眉間《みけん》に皺《しわ》を寄せてぽつりと言った。

「壊れた」

「それは見りゃわかるよ。でも、実際なにも……」

「逃げた」

真雛の質問には答えずに、北条はすっくと立ち上がる。そのまま部屋から出て行こうとする北条を、真雛は慌てて追った。

「逃げたって、幽霊がか？　だったらめでてーじゃねーか」

「めでたくない」

立ち止まって、北条は言った。

「あれにうろうろされると、めんどうくさい」

「なに言って……おいっ？」

それ以上は説明せずに、北条は部屋から出て行った。真雛もぴったり後をついていく。

残された二人——愉火琉と水城は、顔を見合わせた。

困った水城が、愉火琉に聞いた。

「えっと……きみはどうする？」

愉火琉は堂々と胸を張って答えた。

「ぼくは当然、兄さんについてくよ」

「そ、そう？　じゃあぼくも……」

胸を張って自信たっぷりに言う愉火琉に流されて、水城もまた廊下へ出た。


部屋を出た北条が向かったのは、十階のすぐ上の屋上だった。エレベーターを使わずに階段を上る北条の後ろを、真雛はひょこひょことついていく。

「屋上なんか行って、どうすんだよ？」

屋上に幽霊が逃げたとでもいうのだろうかと、真雛は不可解だった。

鉄製の扉を、北条が開け放った。眼前に薄い闇《やみ》と、遠く光るネオンが広がった。夜の風が心地よく頬《ほお》を撫《な》でる。

「……ん？」

吹きつける夜風に目を細めながら、真雛は屋上のフェンスを見た。フェンスの上に、大きな鳥が止まっていた。

(黒い鳥……？　こんな夜中にか？)

烏《からす》にしては、あまりにもその羽根は大きすぎる。

目を凝らし、真雛はその鳥の正体を見極めた。そして、「あっ」と口を開けた。

「に、人間……っ……⁉　ていうか、あんた……！」

大きな黒い羽根を指さしたまま、真雛はその場で固まった。

背中に羽根を生やした彼は、フェンスに腰かけたままゆっくりと振り向いた。

「ありゃ、見られちゃったか」

別段焦《あせ》った様子もなく、彼はそう言ってフェンスから飛び降りた。その顔にはたしかに、真雛は見覚えがある。真雛だけでなく、北条にだって見覚えがあるはずだ。

「あんた、カメラマンの……！」

「戸田祐一朗《とだゆういちろう》。もしかして名前忘れちゃった？」

そう自己紹介しなおされても、真雛の驚愕《きようがく》が薄れるわけでは決してない。真雛は彼のことを、てっきり『天使』かと思っていたからだ。

「あ……悪魔……、おれと、同族……⁉」

「つーかむしろ、なんで真雛が俺のこと、ナチュラルに天使だって誤解したのかが不思議だよ」

言われてみればたしかにそうだと、真雛は気がついた。戸田の指摘は、正しい。インキュバスを連れこんで悪戯《いたずら》するような不埒《ふらち》な天使など、そうそういるわけがないのだ。にもかかわらず真雛が咄嗟《とっさ》に「天使だ」と思ってしまった理由は、ただ一つ。

「おまえが悪いっ」

「なぜ」

真雛に名指しで誹謗《ひぼう》され、北条は不本意そうに眉《まゆ》を顰《ひそ》めた。が、事前に北条と出会っていなければ、真雛が天使に対してそのような『偏見』を持つことは絶対になかったのだから少しは真雛の言い分にも理はある。

戸田は、ゆっくりと二人に近づいてきた。

「いや〜、可愛《かわい》い刺客《しかく》に追い回されて、なんとなくここまで来てみたんだけど」

(可愛い刺客……？　追い回された……？)

なんとなく嫌な符合を感じて、真雛は「はて」と顎《あご》に手をやる。

「偶然にしては、えらいもの見つけちゃったよ」

そう言って戸田は、足元を指さす。

が、戸田の下にも真雛の下にも、もちろん北条の下にも灰色のコンクリートがあるだけで、ほかにはなにもない。真雛はますます怪訝《けげん》に思った。

「下？　下に、なにが……」

と、呟《つぶや》いた途端に、屋上のアスファルトが金色に光った。

「わああっ⁉」

一瞬の出来事だった。

真雛の足元から鞭《むち》のように伸びた金色の光が、牙《きば》の形になって真雛を襲った。真雛の足にその牙が食いこむ直前、二人分の腕が真雛を守るように伸ばされた。

北条と、戸田の腕だ。

真雛は咄嗟《とっさ》に、迷うことなく北条の腕にしがみつく。北条は真雛を腕に抱くと、素早く跳躍して牙から身をかわした。

残された戸田も、一拍後れて身をかわしながら真雛をからかった。

「なっさけねえな〜、悪魔のくせに天使に助けられて」

「う、うるせえ！　今のはたまたまだっ」

戸田に真実を指摘され、真雛は北条の腕の中から吠《ほ》えた。

「それより、今の！　金色のあれ、なんだっ⁉」

「来るぞ」

もう一度、コンクリートが金色に光った。北条は真雛を横抱きにして、フェンスの上に飛び移る。

「なんだよ、あれ！　なんなんだよーっ⁉」

「だから言っただろう」

金の牙《きば》の攻撃から身をかわしながら、北条は言った。

「結界を解くな、と」

「結界⁉　あれが結界の中にいたのか⁉　だって結界に封じてたのって、工事のときに死んだ人の霊だったんじゃ……！」

「真雛ちゃん、そんな方便を真っ正直に信じてたら、そのうちインチキの消火器とか買わされるぜ」

あきれたようにそう笑い、戸田は自ら牙のほうへと飛びこんでいった。

「あ、危ねえ……！」

真雛は大きく息を呑《の》む。そのまま牙の前へ躍り出れば、戸田の胸に牙が刺さることは必定だ。

しかし、牙は戸田には刺さらなかった。それより一瞬早く、戸田は背中からなにかを抜き出す。それは銀の剣に見えた。

アスファルトに、剣の切っ先がざくりと突き立てられる。と同時に、獣の低い咆哮《ほうこう》が響いた。

『ウオォォォ……』

それは狼《おおかみ》の声に似ていると真雛は思った。

「はいよ、仮封印。これでいったんは逃げただろ」

鮮やかな手つきで抜いた剣を、戸田はシュッと手品のように消し去った。危険がないのをじっくりと確かめた後、そろりと真雛は北条の腕の中から降りた。が、北条の腕にきっちりと摑《つか》まることだけはまだやめない。

(だ、だってまたあの変な牙《きば》が襲ってきたら怖いからなっ)

その様子を見て、戸田があからさまに不愉快そうに目を眇《すが》めた。

「あんまりイチャイチャしてると、第一級犯罪で監獄に送っちまうぞ。もしくは恩赦でおれのお稚児《ちご》になる?」

「なんっっでおれがおまえの稚児になんなきゃなんねーんだよっ! どっかの大審判じじいみたいな気色悪いこと言うなッ!」

地団駄を踏んで怒る真雛の顎《あご》に、戸田はすっと手を伸ばす。それから、キスしそうなほど近くに顔を寄せ、にっと笑って呟《つぶや》いた。

「だから俺がその、大審判様だっつの」

「……な……っ？」

真雛は、絶句した。絶句している間に北条が、真雛の顎《あご》にかかっている戸田の手を不快そうに叩《たた》き落《お》とした。

混乱しきった真雛は、北条のそんな仕草にも気づかずに言った。

「いや……だって、大審判様は、じじいだって……！」

「失礼な噂《うわさ》だな〜。まあ俺、ほとんど下々には顔見せねえからな」

北条に叩かれた手を大仰に振って、懲りずに戸田は真雛に顔を寄せた。

「だから、言っただろ？　俺にしときな、って」

(言ってた……けど……)

誰がそんなの、本気にするものか。真雛はまだ、戸田の言葉が信じられなかった。

戸田は「ん〜」と伸びをして羽根をしまうと、次に立て板に水のように捲《まく》したてた。

「あーあー魔族のくせに天使なんかとイチャイチャしちゃって。嘆かわしいねーまったく」

「イチャイチャなんかしてねえっ！　これはおれの仕事だ！　そしてこれはおれの獲物なんだよっ！」

　真雛はマグロを叩《たた》く漁師のように、威勢よくぺしぺしと北条を叩いた。北条は別段怒るでもなく、されるがままになっている。

　戸田は心底、あきれたようだった。

「天使が獲物って、まさか魔展法の特例狙《ねら》ってる？　無理無理、その不良天使にさんざん弄《もてあそ》ばれて捨てられて終わりだぜ〜。悪いこと言わないから、おれにしとけって」

「おまえもそーとータチ悪そうにしか見えない」

「それは誤解だ。俺は百十年前から真雛一筋だ」

「嘘をつけっ！　百十年前って言ったらおれだってまだ子供だぞ！」

「ま、それは置いといて、フェンリルどーする？　おれ、封殺しちゃっていい？　だめって言われてもするけど」

　真雛から北条に視線を移して、戸田は聞いた。北条は無表情なままで即答した。

「だったら聞くな」

「二人だけで会話すんな！　おれも入れろ！　いったい、どういう……！」

　真雛が二人の間に割って入ったその瞬間、屋上のドアが開かれ、二人分のやや高い声が風に乗った。

「真雛くーん、社長ー、無事ですかぁ？」

「兄さん、無事ー？　セクハラされてないー？　なんかドア開かなかったからびっくりしちゃった」

水城と愉火琉が、ぱたぱたと靴を鳴らしてやって来た。戸田の姿を見つけると、水城は「あれっ？」と目をこすった。

「戸田先生？　なんでこんな所に？」

「立ち話もなんだから、部屋に戻ろうか。不良天使」

戸田はそう北条に告げた。


「っていうか、なんで大審判様がこんな所にいるんですか？　待ちきれなくて兄さんをさらいに来たんですか？」

「ゆ、愉火琉っ」

部屋に戻った途端に戸田に絡《から》みだした愉火琉を、真雛は小声でたしなめた。

（うかつなことを人前で言うなよ、正体ばれたらどーするんだよ！）

（いいよべつに、ばれたって。まずくなったら全員消しちゃうし）

（犯罪者みたいなことを言うなっ!)

(犯罪者っていうか悪魔なんだけど、ぼくたち)

「大審判様ってなんですか？　あだ名かなんかですか？」

水城がきょとんとして戸田に聞くと、戸田は「うんうん」と首肯した。

「そう、高校ん時のあだ名。この子、おれの学校の後輩だから」

「わあ、そうなんですか。奇遇ですねえ」

（……なぜそんなに簡単に人を……いや、悪魔を信じるのか？　この人……）

にこにことうれしそうな水城を、真雛は哀れみの視線で眺めた。そういえばこの面子《メンツ》の中では、水城だけが人間だ。

戸田は我が物顔でさっさとキッチンに向かうと、自分の分だけの酒を用意してソファに座った。

「さてと。なにから話すかったって、おれも社長の正体を知ったのはつい最近だしなあ。でも社長は、おれのこと知ってたでしょ？」

「…………」

北条は答えない。水城だけが忙《せわ》しなく、戸田と北条を見比べる。

「え？　え？　なんですか？　正体って？」

「ほんとはこいつがすごい根性悪だってこと」

戸田がそう誤魔化すと、水城は「うーん」と頭をひねった。

「それは見ればわかることだと思うんですけど……」

「……フェンリルは、このマンションの地下に住んでいた」

ようやく、北条が重い口を開く。

「正確にはこの地脈にだ。だから私はここにいた」

「んで、あんたとフェンリルとの関係はよ？」

「…………」

その質問には、北条は答えない。戸田も深追いはしない。

「まあ黙秘でもいいけどね」

「だからおれにわかんない話すんなよっ！　わかるよーにはーなーせぇぇぇ！」

焦《じ》れた真雛が、北条の胸倉にしがみついてゆさゆさと揺さぶった。それを見た戸田が、不満そうに呟《つぶや》く。

「おれに聞けよー、なんでも教えてやるから」

すると、戸田以上に不満かつ不機嫌そうな愉火琉が、ため息まじりに指摘した。

「フェンリルってあれでしょ、北欧神話に出てくる神を屠《ほふ》る狼《おおかみ》でしょ。北条さんてば天使のくせして、そんな物騒なもの飼っていーわけ？」

「えっ、社長、ペット飼ってたんですか？」

『意外な事実』の発覚に、水城が目を丸くした。が、いくら鈍い真雛でも、その話題の不穏さには気がついた。

（て……天使のくせに、神を屠《ほふ》るだって……⁉）

やばい。それは非常に、やばい。商業出版物には名前を出すことさえ怖《おそ》ろしくて憚《はばか》られる某国の独裁者の暗殺計画とほぼ同じくらい、やばい。

「そ、それはそうと、そのフェンリルってのが出てくるとなにがやばいんだ？　やばくないんなら、ほっといてもいいと思うけど……」

願わくはそうであってほしいと祈りつつ、真雛は聞いてみた。すると北条は、渋《じゅう》面《めん》で短く答えた。

「地震」

「……へ？」

「東京壊滅」

「う、そだろ……？」

真雛の笑顔が、てきめんに引きつる。すると北条は、さっさと踵《きびす》を返してドアへと歩き出した。最後に一言、こう言い残して。

「嘘《うそ》だ」

「そ、そんな……って嘘かよ！　てめえ‼」

すっかりうなだれていた真雛はまた北条に摑《つか》みかかろうとするが、それより早く、北条は部屋から出て行ってしまった。真雛はふーふーと怒った猫のように肩で息をした。

愉火琉が「ふぁぁ」とあくびを漏らした。

「なーんだ、ばからし。ぼくもう寝ようっと」

「……おい、なにをナチュラルに北条のベッドに向かってるんだよ？」

さっさと寝室に向かおうとする愉火琉の襟を、真雛は後ろからがっしと摑んだ。

「え、この部屋、ほかにベッドあるの？」

「ないっ！　けど、なにを当たり前のように泊まろうとしてんだって聞いてんだよっ！」

「あ、あの、このマンションいっぱい部屋余ってるから、ほかにもベッドある部屋、あるよ。えぇーと、きみ……」

「愉火琉です。ありがとう、水城さん」

愉火琉はそつのない笑顔で、礼を言った。自己紹介をする前から、会話の流れで相手の名前を押さえているという点も抜け目がない。その様子を見て、戸田もひょいと話題に首を突っこんできた。

「部屋余ってんだったら、おれも泊まっていい？」

「あ、はい、構いませんけど……掃除してないから、埃《ほこり》っぽいですよ？」

「ぜんぜんオッケー。風呂《ふろ》も貸してね～」

うきうきと水城についていく戸田の後ろを、さらに愉火琉がついていく。

「大審判様ってば、わざわざ暗殺のチャンスを下さるんですか？　お優しいんですね」

「いやいや、仔猫《こねこ》ちゃんに殺されるほど耄碌《もうろく》はしてないから。悪いねえ、役に立てなくて」

「あはははは」

まったく会話の意味を理解していない水城が、談笑に交じっているのが真雛には物悲しかった。

全員が部屋から出て行くと、真雛はひとまずシャワーを浴びて、一人で寝室へと向かった。

ダブルベッドは、一人で寝転がるとひどく広くて冷たく感じられる。

（べつに……北条なんかいないほうが、広くていいけどっ）

ここが北条の部屋で、これが北条のベッドであるという事実は棚に上げて、真雛はむくれていた。

（ただ、あいつがそばにいないと……堕落させないと、おれが困るから……！）

それにしても、と真雛はまだ驚いていた。

あの戸田が、件《くだん》の大審判だったなんて。

（大審判のくせに、人間界なんかでなにをウロウロしてやがんだ……？　魔界の仕事はしなくてもいいのか？　おれたちの税金で生きてるくせに……！）

消費税くらいしか払っていない無職の真雛だが、こういう時は無性に腹が立つのだった。

（北条……どこ行ったんだよ……）

北条の匂《にお》いのする枕《まくら》に顔をうずめて、真雛はふて寝を決めこんだ。


夜半、真雛は夢を見ていた。この部屋に北条が帰ってくる夢だ。

『北条？　どこ行ってたんだよ』

うれしくて、夢の中で真雛は北条に駆け寄った。北条がそれを、優しく受け止める。それで真雛は、ますますうれしくなる。

『もうどこにも行かないよな？　ずっとここにいるよな？』

服に摑《つか》まって何度もそう確認すると、北条はかすかに頷《うなず》いた。

そして。

『え……？』

北条の顔がゆっくりと近づいてくるのを感じて、真雛はどきりと心臓を高鳴らせる。

キスされる。

そう思った刹那《せつな》、真雛は夢の中で目を閉じた。吐息が触れあう。温かな手の感触に、頬《ほお》を包まれる。

そこで、目が覚めた。


ぱち、と真雛は瞼《まぶた》を開けた。まだ夢の続きを見ているようだった。なぜそう思ったのかというと、息がかかりそうなほど間近に、男の顔があったからで——。

「……っわあああ⁉」

「お、目ぇ覚ましたか。残念」

真雛の真横にぴったりと密着して寝転んで、ちぇ、と舌を打ったのは戸田だった。真雛は慌てて、飛び起きた。

「なに勝手に人の部屋に入ってきてんだよ⁉　出てけっ！」

「あ、そんな邪険にしていいの？　おれ、大審判様よ？」

「う……ッ」

突然身分の話をされて真雛は口籠《くちごも》るが、すぐに考えを改めた。

「そ、それがどーしたっ。おれは絶対に北条を堕《お》として出世して、おまえなんかあっとゆー間に追い越すんだよっ」

「ははあ。夢はでっかいほうがいいけどねえ」

ベッドに肘《ひじ》をついた戸田は、なにかを言いたげに目を細めて真雛を眺めた。その態度が、ますます真雛の心を逆撫《さかな》でする。

「出てけよ、このセクハラ野郎っ。ここは北条のベッドなんだから！」

「その北条について教えてやろーと思って来たんだけど、聞きたくない？」

「え……っ……北条の……？」

北条の名前が出た途端に、真雛は振り上げていた拳《こぶし》を下ろした。

「それを先に言えっ。北条のネタなら聞いてやるよっ」

「あ〜やだやだ、このわかりやすい豹変《ひょうへん》っぷり」

戸田は掌《てのひら》を上に向けて、ふるふると首を振った。真雛は慌てて否定した。

「そ、それは、北条がおれの獲物だからだっ。べつに他意はねえ！　いいからとっとと話せ、ほらっ」

「北条なー、たぶんもうここに帰って来ないと思うぞ」

「嘘《うそ》はいいから本当のことを教えろっ」

「いや、本当だって」

襟を摑《つか》んでくる真雛の手首を両手で押さえて、戸田は言った。

「だってあの話、本当だから」

「あの話ってどの話だよ」

「だから、フェンリルが逃げ出すと大地震が起こるって話。あいつ一人でフェンリルを捜しに行ったんだよ。だからもう、帰って来ない」

「……はっ？」

真雛は大きく目を見開いた。

「……んな、わけねえじゃん、だって……っ」

北条はそれは、嘘だと言った。あいつは、天使のくせに人が悪いから。そういうたちの悪い冗談を、いかにも言いそうなタイプだから。

しかし、いくらそう信じようとしても、真雛の鼓動は不穏に高鳴り始める。

（あいつが……いなくなる……？）

そんなこと、あるわけない。そう信じたいのに、こんなにも不安になるのはなぜなのか。真雛は、瞳《ひとみ》を震わせながらもう一度確認した。

「うそ……だろ……？」

「信じなくてもいいよ、どーせ数日経《た》てばわかることだから。でも真雛、それでいいのか？　一か月しか時間ないのに、帰っても来ないヤツを待って無駄に過ごして」

「……そんな……」

どうしよう。どうしたらいいのだろう。真雛は、真剣に思案した。たしかにそれはすごく困る。

困るとわかりきっているのに、なぜだか真雛の頭には、ほかの誰かにターゲットを変える、という選択肢はまったく浮かばなかった。

「……捜す」

きっぱりとそう言って、真雛は立ち上がった。

「北条を、捜してくる」

「どこに行ったか、手がかりもないのに？」

「でも捜す！　絶対見つける！」

しかし、寝室から出て行こうと一歩足を踏み出した真雛を、戸田が後ろから羽交い締めにして抱きしめた。

「なにすんだよ⁉」

「だめ。行かさねえ」

初めて真剣な声で、戸田が喋《しゃべ》った。

「あのときも言っただろ？　おれにしとけ、って。あいつはおまえなんかの手には負えねーし、手にも入らねーよ」

「なに言ってんだよ、離せ、バカッ！」

真雛はがしがしと肘《ひじ》で戸田を殴った。しかし戸田の腕は、少しも緩まらない。あきれた口調で、戸田が言った。

「あのなあ。おまえのこと狙《ねら》ってるインキュバスなんか、いっぱいいるんだぞ？　そーゆーヤツらの餌食《えじき》になりたいか？」

「知るか、そんなの！　おれは……っ」

初めて、真雛は『本音』を口走る。

「おれは、あいつじゃなきゃ、やなんだよ！」

「…………」

戸田の顔に、一瞬だけだが悲しみの色が浮かんだことに、真雛は気づかない。真雛には前しか、北条しか見えていなかった。

戸田はすぐにいつもの飄々《ひょうひょう》とした顔に戻り、真雛の髪に唇を寄せた。

「んじゃキスして」

「ふざけんなっ！　なんの脈絡も理由もねーだろ！」

「ふざけてねーよ。昔はしてくれたじゃん」

「いつのっていうか誰の昔だよ⁉　勝手に過去を捏造《ねつぞう》するな！」

「あ〜あ〜、本気で忘れてるよ、この小悪魔」

戸田はそう言って、真雛の躰《からだ》を抱き上げた。

「わっ！」

そのままベッドに運ばれ、押し倒されて、真雛は血相を変えて足掻《あが》いた。

「やだっ離せっ、さわんなーっ！」

「まーいいからこれ見なさい」

戸田は器用に右手だけで真雛を摑《つか》まえたまま、左手で自らのシャツを捲《めく》った。シャツの下の脇腹《わきばら》には、痛々しい傷跡があった。ずいぶん古そうな傷跡ではあったが。

「これ見ても思い出せねえ？」

「知らんっ！」

真雛はぷいっと顔を背ける。

戸田の口から「はぁ……」と脱力しきったため息が零《こぼ》れた。

「おまえが封印の樹《き》から俺を助けてくれたんじゃん」

「封印の、樹？」

それでも真雛は思い出せない。

「俺が若いとき無茶やらかして、当時の大審判に刀ぶっ刺されて樹に封印されてた時。まだガキだったおまえが、禁域なのにひょこひょこ紛れこんできてさー」

「……あっ」

禁域に紛れこんだ記憶なら、真雛にもちゃんと残っている。たしか、魔界幼稚園に通っていた頃、友達と肝試しをしたのだ。

ものすごい妖怪《ようかい》が禁域にある樹に封印されているから、見に行こう、と。

（でも……たしか友達は、途中で帰っちまって……）

結局真雛は、一人で禁域へ足を踏み入れたのだ。今にして思えば、怖《おそ》ろしく無謀なことをしていたと思う。

（でも禁域には、妖怪《ようかい》なんかいなかった……）

いたのはただ、刀によって樹《き》に打ち付けられた若い男が一人だけだった。あまりにも痛そうに見えたので、真雛はその刀を抜いてやった。自分では絶対に抜けないのだと男が言っていたからだ。それから真雛は、弁当に持ってきていたおにぎりを一個、男に食わせた後、帰ったのだ。

「あんた……あのときの……!?」

「いや〜俺んちは先祖代々の由緒《ゆいしょ》正しい悪魔だったもんで、俺、他人に優しくされたの初めてで。悪魔的には大変矛盾してんだけど」

口調こそふざけてはいるが、戸田の両腕は真剣に真雛を抱きしめて離さない。

「あの後俺、超〜忙しかったんだぜ。なにせ子供が禁域に入りこんで封印を解いたなんてばれたら大ごとだからな。その当時の大審判を、速攻でぶっ殺さなきゃなんなかったし」

「……おれを……」

助けてくれたのか？　と聞きかけて、真雛はやめた。もしもそれが真実だったとしても、今の真雛にはどうすることもできないからだ。

「いつまでも一人前になれないおまえの身柄を引き受けようとしたのは、俺なりの親切のつもりだったんだけどな」

「や……めろ、よ……っ」

戸田に躰《からだ》をまさぐられて、真雛はきつく歯をくいしばった。

「まあ本音を言えば、下心が九割くらいではあったけど」

「やめろ……ってば……！」

「俺のほうが、あいつより先じゃん」

急に真剣な声で、戸田は言った。

「俺のほうが、先に一目《ひとめ》惚《ぼ》れしてるじゃねーかよ。……それでも、だめか？」

「だ、だめだっ！」

涙声で、真雛は叫んだ。

戸田のせいで、戸田に触れられているせいで、自分の『本心』をはっきりと自覚してしまったからだ。

「死んだほうがマシ？」

「死なねーけど、ぶっ殺す！」

服を脱がそうとする戸田の手を、真雛はぺしっと叩《たた》き落《お》とした。戸田はわざと大げさに叩かれた手を振った。

「ま、いいけどね。フェンリルと戦えば、九分九厘の確率であいつ死ぬから」

「……え？」

自分の上から退きながら戸田が呟《つぶや》いたセリフを、真雛が聞き捨てできるはずもない。

「それであいつが死んでから、俺はゆっくりと真雛を戴《いただ》けばいいわけだしー」

「ま、待てよ、なに言ってるんだよ……⁉」

真雛は、戸田の腕を摑《つか》んだ。

「あいつ、北条……そんなに、危ないのか⁉　帰って来ないだけじゃなくてか⁉」

「死んだら当然帰って来られないから、おんなじだろ」

ことなげに、戸田は答えた。真雛は目の前が真っ白になる。

（そんな……）

北条が、死んでしまうなんて。

もう、逢《あ》えなくなってしまうなんて。

（北条……）

嫌だ。そんなのは絶対に嫌だと、真雛は思った。そして、なぜ自分がそんな気持ちになるのかを、改めて考える。北条なんて、ただの獲物だった。獲物の、はずだったのに。

（……あ……）

好きになってしまったから。

初めて出会った時からきっと、なんの理由もないのに、惹《ひ》かれてしまったから。

だから、自分は北条が死ぬのは嫌だ。逢《あ》えなくなるのも嫌だし、北条が怪我《けが》をしたりするのも、嫌だ。絶対に。

なにかに憑《つ》かれたように、真雛は戸田に向かって呟《つぶや》いた。

「……なあ」

戸田が、意味深な笑みを浮かべたまま振り返る。

「北条が封印しに行った、その……」

「フェンリルか?」

「強い……のか?」

「そりゃあ大天使様が直々に封印してたくらいだから、つえぇだろうよ」

一呼吸間をおいて、真雛は尋ねた。

「あんた……倒せるか?」

「そりゃあ俺くらいになれば不可能じゃねえけど、そんな面倒な仕事、好き好んでやりたくはねえな」

　わざと意地悪く、戸田は言った。次に真雛がどういう『提案』をするか、わかりきってはいても聞いてみたかったからだ。

「北条を、助けてくれるなら……」

　迷うことなく、真雛は言った。

「おれ、あんたのものになっても……いい……よ……」

　迷ってはいないけれど、悲しんでいるのは明白だった。真雛は今にも泣きだしそうな顔をしている。

「おまえ、ものすごーく悪魔失格なことをほざいてるけど、いいのか？　それで」

「…………」

　悲しげに、真雛はこくりとうなずく。

「あ〜あ。ほんっと、気分悪いわ」

　戸田は大きく、伸びをした。

「なんで俺が、恋敵のしかも天使を助けてやんなきゃなんねーんだかなぁ」

「……ごめん」

　真雛は素直に謝った。不器用で意固地な真雛でも、北条のためならいくらでも謝れる気がした。

9

「おっ。一周して、ちょうど帰ってきやがった」

　話がついたところで、戸田《とだ》が天井を見上げた。真雛《まひな》もつられて上を見たが、そこには見慣れた天井しかない。

「帰ってきたって、なにがだよ？」

「おまえがお待ちかねのフェンリルちゃんがだよ。当然北条《ほうじょう》も、追ってきてる。なっさけねーな、結局、東京一周するまで捕まえられなかったのかよ」

　途端に真雛の顔色が変わる。

「じゃ、じゃあ北条が上にいるのか⁉」

「ああ。結界張ってるから、おまえ程度の小悪魔には見えねーだろうけどな」

「どうにかしろよっ！」

　迷わず真雛は戸田に頼んだ。もとい、命令した。さっきまでの殊勝さは、もうすっかり影を潜めていた。

「何度も言うけど俺、大審判よ？」

戸田は自分を指さして、少し情けなさそうに答えた。一番情けないのは、惚《ほ》れた弱みだな、と思いつつ。

戸田と連れ立って廊下に出ると、ドアの外に先に眠ったはずの愉火琉《ゆかる》がいた。愉火琉だけでなく、水城《みずしろ》もだ。

「愉火琉？　それに、水城さんも……どうしたんだよ？　寝たんじゃなかったのか？」

「いや〜なんかわかんないけど、愉火琉くんに起こされました」

ふあぁ、とのんきにあくびしながら、水城は言った。隣で愉火琉が、「ふふん」と不敵に笑う。

「隠し事したって無駄だよ、兄さん。北条ってヤツのところに行く気でしょ」

「な……っ⁉」

寝ていたはずなのになんでわかったんだと、真雛は口をぱくぱくさせた。愉火琉はいけしゃあしゃあと言ってのけた。

「ほんとに寝てるわけないじゃない。ずっと様子は監視してたよ。まあ、兄さんは絶対気がつかないだろうと思ってたけど」

「俺は知ってたぞ」

横から戸田が口を挟んだが、愉火琉はつんと横を向いて無視した。

「とにかく、ぼくに黙って北条なんかを助けに行くなんて許さないからね」

「お、大きなお世話だ！　おれは行くからな！」

弟の幼稚な嫉妬《しっと》につきあっているヒマは、今の真雛にはないのだ。真雛は愉火琉を押しのけて、屋上へ続く階段へ向かおうとした。

そんな真雛の肩を、愉火琉が強く摑《つか》んで止めた。

「待ちなよ、兄さん」

「待たねーよ！」

だって、こうしている間にも北条が……と言いかけた真雛の唇に、愉火琉は人差し指を立てて黙らせた。

「ぼくも行くよ」

「な……つんでだよ⁉」

その凄絶《せいぜつ》なまでに色気のある顔で迫られて、真雛は完全に迫力負けして後ずさる。

「なんでって、決まってるだろ。このぼくがフェンリルって馬鹿狼《ばかおおかみ》を倒して、兄さんを助けてあげるから」

「な……っ⁉」

またしても言葉をなくした真雛とは対照的に、戸田のほうは饒舌《じょうぜつ》になった。

「小悪魔ちゃん、フェンリルの実力と己の階級と力量、客観的にわかってるか？」

「わかってるに決まってるでしょ、そんなもん」

ふん、と愉火琉は胸を反らした。

「わかったうえで、ぼくはあんたを暗殺しようとがんばってるんだよ」

「そりゃあ大したもんだ」

戸田は、小さく拍手した。

「どうも。だからね、兄さん、フェンリルをぼくが倒したら、兄さんはぼくのものだからね。フェンリルを倒した人が兄さんをもらうの」

「な……っにぃ⁉」

三たび、真雛は絶句した。その隙《すき》に戸田が同意した。

「それはいい考えだな。真雛が俺のものになるってことか」

真雛一人が地団駄を踏んで、なんとかそれを阻《はば》もうとする。

「な、なに勝手に決めてやがる！　なんでそーなんだよ、ふざけんなッ！」

「いちいちうるさいな兄さんは！　賞品もないのにがんばれるわけないだろ！　こっちはボランティアやNGOやってるわけじゃないんだよ！」

「それは激しく同感だ。俺も、賞品がないとがんばれない」

「お……おまえ……ら……」

　ひどく理不尽なことを至極当然のことのように言われて、真雛は涙を滲《にじ》ませた。そんな真雛の味方は、何ひとつ現状を理解していない水城だけだった。水城はぎゅっと両の拳《こぶし》を握りしめ、真雛を応援した。

「社長はきっと、無償でがんばってくれますよ。真雛くんもがんばってっ」

「あいつが一番信じられねーんだよ……」

　そんな慰めではとても、真雛の涙は止まらなかった。

　四人連れ立って屋上に上ると、そこにはいつもと変わらぬ静かな夜景があった。そろそろ東の空が白み始める頃だ。全員が屋上の真ん中に立つと、戸田が抜き身の剣を背中から、手品のように引き抜いた。

「今から結界を斬《き》って隠《かく》り世《よ》と現世《うつしよ》をつなぐから、覚悟しろよ。あ、真雛は覚悟のほかに、このメンバーの中で結界が斬れるのはおれだけだということも忘れないでほしい」

「自己アピールはいいからさっさとしろ！」

真雛がだんっと床を踏むと、戸田は「ちぇー」と呟《つぶや》きながら剣をコンクリートに突き立てた。どこまでも緊迫感がない。

が、しかし、そんな穏やかな光景も、結界を斬るまでの間だけだった。

「うわっ⁉」

「う……っ！」

剣がコンクリートに刺さった瞬間、金色の光が漏れだした。まるで、太陽が六ついっぺんに昇ったかのような眩《まばゆ》さだ。

「な、なにも見えませんよぉっ？　ていうかこれ、どういう仕掛けですかぁっ？」

この期《ご》に及んでもいまだ何ひとつ状況を把握していない水城が、腕で視界を遮りながら聞いた。が、真雛も愉火琉も戸田も、今はそんな質問に答える余裕はない。

「北条……っ！」

天空に、北条の姿が見えた。金色の狼《おおかみ》に一人で対峙《たいじ》して、白い翼を血まみれにしてる北条の姿が。

真雛の心臓が、今までにないくらい激しく痛んだ。

「北条っ！」

たまらず真雛は羽根を出し、文字どおり北条のもとへと飛んでいく。戸田と愉火琉も、続いて羽根を出す。唯一羽根のない人間の水城だけが、ぱちくりと目を瞬《しばた》かせてあちこちを指さしていた。

「え？　え？　あれ？　社長？　なんで空、飛んで……」

「どけ！」

途端に北条の、鋭く叱責《しっせき》する声がした。声だけでなく、剣まで飛んできた。水城は腰を抜かし、悲鳴をあげ続ける。

「きゃーっきゃーっきゃあああああ！」

フェンリルの吐いた炎は、水城を焼け焦げにする直前、北条の投げた剣によって薙《な》ぎ払《はら》われた。剣は炎に巻かれた後、アスファルトに刺さって瞬時に溶け、消えた。剣を投げられたおかげで水城は助かったが、今度は剣を失った北条の身に御しがたい危険が迫っていた。その様子を見て、真雛は「うわあ……」と頭を抱えた。

「つーか誰だよ、水城さん連れてきたのは！」

「知らなーい。勝手についてきたんじゃない？」

少しも悪びれずに愉火琉が嘯《うそぶ》いた。そもそも結界を壊したのもたしか……と考え始めるときりがないので、真雛はそのへんにしておいた。

思いやりなのか、ただ単に邪魔なのかは不明だが（かなりの確率で後者が真実だろうが）、愉火琉は水城を後ろから抱え起こした。水城はまだ悲鳴をあげている。

「きゃーっきゃーっきゃあああああっっ！」

「水城さん、うるさい。その給水塔の裏にでも隠れててよ。ほかの人間には見えないように結界張るから」

「その役目は任せた」

新しい結界を張る役目は愉火琉に任せて、戸田は果敢にフェンリルのもとへ向かう。

「なーにが任せただよ、手柄は全部ぼくがもらうよ。なんてったって兄さんの貞操が賞品にかかってるんだから」

「かかってねえ！」

真雛もようやく、北条に追いつく。

「北条！」

真雛が名前を呼んだ時、北条は九字《くじ》を切っている真っ最中だった。そんな場合ではないと知りつつも、真雛は少し脱力した。

「て、天使なのに陰陽師《おんみょうじ》で、しかも九字《くじ》……？　むちゃくちゃだな、おまえ……」

「離れろ」

真雛に後ろからしがみつかれて、さりげなく北条は庇《かば》うような仕草をした。真剣に戦う姿もかっこいい、と真雛は内心ドキドキしていたが、もちろんそんな場合ではない。

「離れねーよ！　おれも手伝う！」

「邪魔だ」

今度は本気で、北条は怒った。それでも真雛は離れない。

「じゃあ約束しろ！　どこにも行かないって、絶対帰ってくるって、約束……！」

「痴話喧嘩《げんか》するなら時と場所を選べっつーの」

戸田の声が後ろでした。はっと真雛が振り向くと、戸田の剣が暴れ続けるフェンリルの背中に突き立てられる寸前だった。

「わ……っ……！」

眩《まばゆ》い光に、真雛は目をきつく閉じた。突き刺さった剣とフェンリルの肉の隙間《すきま》から、金色の閃光《せんこう》が溢《あふ》れ出《だ》す。世界中がそれに包まれたような気さえする。

次いで、耳を劈《つんざ》くように轟音《ごうおん》が響く。突き飛ばされたのか振り払われたのかはわからないが、気がつくと真雛の躰《からだ》は北条から離れていた。

た。

「あっ⁉」

眩《くら》むような光の中で必死に目を開けると、北条の剣が金色の狼《おおかみ》の首を刎《は》ねるのが見えた。

「やった……⁉」

そこにいた全員が、そう確信した。が、次の刹那《せつな》。

「……ッ……！」

北条が息を呑《の》むのを、一番近くにいた真雛だけは気づいた。ずっと北条だけを見つめ続けていたせいだ。

「北条っ……！」

真雛は北条の腕を摑《つか》んだ。それに気づいた北条は、咄嗟《とっさ》に真雛を突き放そうとしたが、遅かった。

「兄さんっ！」

「真雛！」

愉火琉と戸田の声が、同時に真雛を呼ぶ。たしかに北条が切り落としたはずの首が、胴体から切り離されても、なおぱっくりと口を開けて北条を呑みこもうとしていた。その喉《のど》の奥には無限の闇《やみ》があった。

北条に突き放されないよう、真雛はしっかりと北条にしがみつく。戸田の手も、愉火琉の手も間に合わなかった。抱き合ったまま、二人は深い闇《やみ》に呑《の》みこまれた——。


「い……ってぇ……」

北条と重なりあったまま、気がつくと真雛は薄暗い闇の中に落ちていた。真雛は頭を軽く振った後、きょろきょろと辺りを見渡した。しかし、なにも見えない。視界は薄ぼんやりと明るいが、どこまで見渡してもなにもない。

「ここ、どこだ？」

「無限の中だ」

真雛を腕に抱えたまま、北条が答える。

（無限……って……）

無限とは、天界でも魔界でも人界でもなく、時間も空間もなにもない狭間《はざま》のことだ。一度嵌《は》まると、二度とは出られないと真雛は以前、年寄りに聞いたことがある。真雛はますます強く、北条にしがみつく。

（ちょ、超こえぇ……！）

「出られなくはない。方法はある」

前を見すえたまま、北条が呟《つぶや》いた。真雛は「えっ」と顔を上げた。

「なんだよ、出られんのかっ⁉」

そう言って北条の背中に回した真雛の手に、温かくぬめるなにかが付着した。手を引いて見てみると、それは大量の血だった。

「な、なんだ、この怪我《けが》……いつ……っ……」

と聞きかけて、真雛は思い出す。

さっき北条が、フェンリルの牙《きば》に背中を向けた格好で自分を庇《かば》ってくれたことを。

「……あのときの……傷……か？」

「…………」

北条は横を向いてしまい、答えない。真雛は悲しくなった。

「なんで……庇ったり、したんだよ……」

そんなことを聞きたいわけではないし、言いたいわけでもない。なのに、ほかに言葉が見つからない。

「おれなんか……っ……庇う必要、ねえじゃん……どうせおまえ、おれのことなんか

「……！」

好きでもないくせに、と言いかけた真雛の唇を、なにかが塞《ふさ》いだ。真雛はそのまま、動けなくなる。

「ン……ッ……」

北条の唇だった。けれどそれはいつものような支配的なキスではなく、少しでも真雛が拒絶すればすぐに離れていってしまいそうな優しいキスだった。だから真雛は、北条の胸に置いた手をすぐに下ろした。

「…………」

唇が離れた瞬間に、真雛は完全に気づいてしまった。

（こんな……こと……）

北条なんか、ただの『獲物』のはずだったのに。

北条だってきっと、自分のことなど好きではないはずなのに。

なのにどうしてこんなに優しいキスをするのかが、真雛にはわからない。

「……なんで……だよ……？」

無限の闇《やみ》の中でそのまま押し倒されて、真雛は涙声で聞いた。

「なんで……っ……」

「こうしないとここから出られない」

いつもの冷静な声で、北条が言った。

「力を使いすぎたからな」

「……え？」

しばらく考えた後で真雛は気づいた。

それって、つまり。

「……もしかして天使って、セックスで力を補ったり……するのか？」

北条の首が、特に悪びれた様子もなく縦に振られる。が、真雛は反射的に北条の下から抜け出した。

「さわんな、ばかっ！」

キスぐらいで、少しでも心を動かしてしまった自分が本当に馬鹿《ばか》みたいだと真雛は悔いた。

（そんな、補給所みたいな理由でやられてたまるかっ！）

自分がインキュバスであることと、そもそも北条を堕落させるためにセックスしたのだという事実は真雛の頭からすっかり消えていた。

（だって、おれは……）

自分は、北条のことが本当に……。

（………）

そこから先は考えるのも悲しくて、真雛はじっとうつむいた。北条が、初めて少しだけ困ったような顔をした。

「……おまえでないと」

少しずつ、言葉を選ぶように北条は言った。

「……不可能だ」

「……どういう意味だよ？」

「………」

それ以上は北条も言わない。が、言葉どおりに受け止めるのなら、つまり。

（それって……）

曲がりなりにも北条は、悪魔ではなく天使だ。インキュバスである真雛は好きでない相手からでも精気は得られるが、北条にはそれができないはずだ。

（それって、おれのこと……）

まっすぐに言葉どおりに受け止めるのなら、北条は真雛を本当に好きだということになる。が、しかし、この北条という天使にはいかんせんイレギュラーなことが多すぎる。

（……こいつに限って、好きでなくても精気が補給できるタイプの天使だったらどうしよう……）

北条に限っていえば、まったくあり得なくもない気が真雛は激しくした。そんな天使は嫌すぎる。

（でも……）

北条はたしかに、怪我《けが》をしている。それも、自分のせいで。さらに精気を補給しなければ、ここからは出られないと言っている。

（それは、おれのせい……だから……）

責任は取らないと、いけないから。

そう自分に『言い訳』して、真雛はそっと北条の頬《ほお》に触れた。

「……や、やらせて……やるよっ。おれだってこんな所に閉じこめられたままになるのは嫌だからな……っ」

そう言い終えるよりも先に、再び真雛は組み敷かれた。乱暴に服を毟《むし》られて、真雛はつい反射的に抗《あらが》ってしまう。

「や……っ！」

「……おまえが嫌なら、もうしない」

突然耳元でそう言われて、真雛は驚愕《きょうがく》に目を見開く。

そんな台詞《せりふ》は、いかにも北条らしくない。

「……嫌……じゃ、ねえよっ」

わざと吐き捨てるように、真雛は言った。

「つーかしないと出られねーんだろ⁉　おまえの思いやりは完全に的を外してるぞ！」

「…………」

それ以上はなにも言わず、北条は真雛の両足を持ち上げた。

「あ……ッ……」

いきなり核心の部分に熱いものを押しつけられて、真雛は上体をずり上げた。動いた途端に、真雛の牡《おす》の部分で北条のものがぬるっ……と滑る。

「ン……ッ……う……」

その淫靡《いんび》な感触に、真雛は大きく息を詰める。それだけでも達してしまいそうなくらい、北条の躰《からだ》は気持ちがよかった。

「んっ……」

自分から首を傾けて、真雛はキスをねだった。くちゅ……と舌が絡《から》みあう。混ざりあう唾液《だえき》を、真雛はこくりと飲み干した。

「は……ぁ……っ……」

際限なく執拗《しつよう》に、真雛の性器に北条のものがこすりつけられる。熱く張り詰めた肉杭《にくくい》で敏感な裏筋を刺激され、真雛の腰も自然に浮いていく。

「あぅ……ふ……っ……あ、……ンッ……！」

ひくっ、ひくっ、と断続的に、真雛の後孔が震えだす。まだほんの数回しかされていないのに、真雛のそこはすっかりと北条の味を覚えつつあった。

北条が躰《からだ》を、少しずらした。そして。

「んっ……あアァッ……！」

ずっ……と根元まで一気に突き立てられて、真雛は激しく首を振った。たったそれだけの刺激で、射精してしまっていた。

「あぅ……ふ……ぅ……ぅ……っあ……ッ！」

ぐちゅぐちゅと、柔らかな体内を掻《か》き回《まわ》される音が真雛の耳にも入ってくる。真雛の腕は、無意識に強く北条の背中に回されていた。もっと深く繋《つな》がれるように、と。

「あぁ……っあ……っ！」

どっと熱いものを注がれて、真雛は全身を震わせ、目を閉じた。

10

人界に戻り、数週間が過ぎた。

結局そのあいだ、真雛《まひな》は一度も北条《ほうじょう》とセックスはしなかった。

明日で期限の一か月目を迎えるというのに、真雛は情けない顔をしてマンションのリビングで一人膝《ひざ》を抱えていた。北条は朝から出かけていて、ここにはいない。ここ数週間、真雛はほとんど北条と口もきいていない。

(だ……だって……っ)

今の真雛は、すっかりインキュバス失格な状態に成り果てている。

(堕落させるためにセックスなんか、もうできねーよ……っ!)

北条のことを、本気で好きになってしまったから。

だからもう、北条の顔を見るのもつらい。恥ずかしい。そんな乙女のような心境だったのだ。

（おれ……これから、どうなるんだろ……？）

北条を助ける代わりに、真雛は戸田《とだ》のものになることを約束してしまった。戸田が自分のことを、あきらめるとは思えない。このままでは明日にはきっと、自分は戸田の『お稚《ち》児《ご》』として魔界に連れ戻されるだろう。

（それだけは、絶対嫌だ……！）

北条と、離れたくない。ずっとここにいたい。

しかし、力のない下級悪魔にはそれを拒む権利などない。

真雛は途方に暮れていた。

どうしたらいいのかと悩み続ける真雛のいるリビングの扉を、誰かが開けて入ってきた。

「あれ、真雛くん？　なにしてるんですか？　こんな所で」

「……悩んでる」

素直に真雛は真実を口にした。

すると水城《みずしろ》は、ちょいちょいと後ろを指した。

「悩んでいるところあれなんだけど、お客さんですよ。戸田先生がいらしてます」

「なにっ⁉」

その名前を聞いた途端、真雛はがばっと顔を上げる。戸田が水城の後ろから、ひょいと顔を覗《のぞ》かせた。

「よー、真雛。悩んでる？」

「ま……まだ期日には一日早いぞ！　なんの用だよ⁉」

真雛がさっとカーテンの後ろに隠れると、戸田はにやにやしながら近づいてきた。

「それともおれのこと、あきらめてくれるのか⁉」

「まさかぁ。真雛、冗談きついな」

朗らかに笑って、戸田はひらひらと手を振った。真雛はまた、「うぅ……っ」と涙ぐむ。

(戸田のこと、嫌いなわけじゃないけど……)

フェンリルと戦った時はけっこう助けてくれたし、真雛にとってはどうでもいいような『過去』に拘《こだわ》って助けてくれようとしたのはありがたいけれど。

真雛の心にはもう、北条しか住んでいないのだ。

ぷるぷると病気のハムスターのように震えながら涙ぐむ真雛を、おもしろそうに戸田は眺めた。そして、おもむろに真雛に聞いた。

「最近、魔界で学力低下が問題になってるのは知ってるか？」

「知らねーよ！」

　こんな時に教育問題の話など聞きたくないと、真雛は耳を塞《ふさ》ぐ。戸田はますます楽しそうな顔になった。

「あっそ。でも、おまえにとってはいい話だよな。なんてったって、落ちこぼれに対して魔界がずいぶん優しくなったんだから」

「……え？」

と、真雛は顔を上げた。戸田はにやりと笑って振り向いた。

「一か月じゃなくて一年、時間をくれるとよ。まー落ちこぼれに一か月で結果出せっていうのも、そもそも無理な話だし」

「え……え……え……？」

　真雛は咄嗟《とっさ》には、話の意味が理解できなかった。が、理解した途端に喜びが全身を駆け巡った。

（や……やっ、た……）

　それはつまり、一年間は人間界にいられるということで。

（つまりそのあいだに、北条を堕落させられれば……！）

　一人前の悪魔にもなれるということで。

「やったーっ！」

と真雛は快哉《かいさい》を叫んだが、喜ぶにはまだ問題が山積みしていることをすっかり忘れていた。真雛が喜び勇んでリビングから飛び出した後、新たな戦いの火蓋《ひぶた》が切られていたことを真雛は知らない。

真雛のいなくなったリビングに、いつの間にか愉火琉《ゆかる》が現れていた。いつもの艶《あで》やかな笑みを浮かべる愉火琉に、戸田は布告した。

「まあどうせ、一年後には真雛は俺のものになってるし？」

「ぼくも自信あるよ。一年もあれば、兄さんは絶対にぼくのものになってるはずだもん」

「え？　なになに、なんの話ですか？」

戸田と愉火琉の真ん中で、水城がのほほんと質問した。あんな超常現象を目《ま》の当《あ》たりにしてもまだ、水城は天使の存在にも悪魔の存在にも気がついていなかった。

水城は思った。

(最近ぼく、わりとよく幻覚見るなあ。ストレス溜《た》まってるのかなあ)

平和なはずのリビングで、大審判こと戸田祐一朗《ゆういちろう》と愉火琉が笑顔のままで火花を散らしていることを、真雛は知らない。

さらにマンションの地下倉庫で、北条がため息をついていることも真雛は知らない。

「……仕方ない」

北条は、地下室の床にぽっかりと開いた穴を見てため息をついていた。その穴は、今は亡《な》きフェンリルが掘った穴だった。北条はそこを通じて、人間界に来ていた。諸般の事情で北条はフェンリルを追って人界に来ていたのだが、そのフェンリルがいないとじつは天使は、天上界にも帰れないのだ——。

「そのうちなんとかなるだろう」

自分のことなのにまるで他人事《ひとごと》のように、北条は呟《つぶや》いた。

そうして北条は真雛の待つ自分の部屋へ、歩いて行った。

あとがき

ホワイトハート文庫さんでは初めましてです、こんにちは、水戸《みと》 泉《いずみ》と申します。ほんとにこのペンネームでいいのか？　と悩みつつそろそろ単行本も五十冊近くになりました。もういいです。このまま百冊までいきます。

北条《ほうじょう》と真雛《まひな》のお話はいかがでしたか？　感想など聞かせていただけるとうれしいです。続きとかも書けたらいいな〜。「書け！」ってめーれーとかきょーはくしてくださるととても助かります。

思えば「ホワイトハート文庫で本を出しましょう」という企画が上がったのが、六年前。六年間もわたしは一体なにをしていたのでしょうか。いや、なにもしていなかったわけでは……ないのですが……弱い生き物だったから……あたまとか……。

でもこうして無事に出版されて、よかったです。イラストをつけてくださった香林《こうりん》セージさん、ありがとうございました。担当Ｓさんにもたいへんお世話になりました。こんなところに書くのも恐縮ですが、Ｓさん、早くケータイ買い換えてください。って書こうとしたらちょうどＳさんから電話がきて、「えっ、もうとっくに買い換えましたよ？」とのお返事が。わたしか。わたしだけが担当編集者の携帯番号を知らされてなかったのか。というような被害妄想を膨らませていたら、「あ、言うの忘れてました」とのお返事が引き続き……。うん、ＳさんＢ型だし……インド人と同じ血液型って思えば納得できるし……。でもそのほかのことでは本当にお世話になりました。

　最近楽しかったことといえば、やっとＨＰを開設できたことでしょうか。でも、接続とか全部人にやってもらったので、一から自分で作り直せって言われたらもーどーしようもないです。今の夢は自力でアクセスカウンターを設置することです。カウンターをつけていないので、どれくらいの人に見られているのか皆目わかりません。が、ある日突然とある会社の編集さんから電話がかかってきて「日記ばかり更新してないで働け」と言われたので、少なくとも一人は見ていた模様です。不覚。この世にアクセス解析なる技術があることは知識としては知っているのですが、なにをどーすれば解析できるのかが皆目わかりません。そんな掘《ほ》っ立《た》て小屋《ごや》のようなマイハウスですが、新刊の発行予定日などを載せているのでよろしければお立ち寄りください。

http://park19.wakwak.com/~mitonokairakuen/

では、また、お目にかかれますように。

水戸《みと》 泉《いずみ》

水戸 泉先生の『悪魔はそれをガマンできない』、いかがでしたか?
水戸 泉先生、イラストの香林セージ先生への、みなさんのお便りをお待ちしております。
水戸 泉先生へのファンレターのあて先
〒112-8001 東京都文京区音羽2-12-21 講談社 X文庫「水戸 泉先生」係
香林セージ先生へのファンレターのあて先
〒112-8001 東京都文京区音羽2-12-21 講談社 X文庫「香林セージ先生」係

N.D.C.913　236p　15cm

水戸 泉（みと・いずみ）
1971年12月14日生まれ。AB型。
明治学院大学法学部卒。神奈川県出身・在住。高砂部屋さんに私信・変えろとおっしゃるならいつでもペンネーム変えますから怒らないで。

講談社X文庫

white heart

悪魔《あくま》はそれをガマンできない

水戸《みと》 泉《いずみ》

●

2004年3月5日　第1刷発行
2004年12月10日　第3刷発行
定価はカバーに表示してあります。

発行者——野間佐和子
発行所——株式会社 講談社
東京都文京区音羽2-12-21 〒112-8001
電話 編集部 03-5395-3507
販売部 03-5395-5817
業務部 03-5395-3615
本文印刷—豊国印刷株式会社
製本———有限会社中澤製本所
カバー印刷—半七写真印刷工業株式会社
デザイン—山口 馨

ISBN4-06-255689-8

X文庫新人賞
原稿大募集!

X文庫出版部では、X文庫新人賞を創設し、広く読者のみなさんから小説の原稿を募集しています。

1 X文庫にふさわしい、活力にあふれた瑞々しい物語なら、ジャンルを問いません。

2 編集者自らがこれはと思う才能をマンツーマンで育てます。完成度より、発想、アイディア、文体等、ひとつでもキラリと光るものを伸ばします。

3 年に1度の選考を廃し、大賞、佳作などランク付けすることなく、随時出版可能と判断した時点で、どしどしデビューしていただきます。

X文庫はみなさんが育てる文庫です。
プロデビューへの最短路、
X文庫新人賞にご期待ください!

応募の方法は、X文庫の新刊の巻末にあります。